안개 군함

하

안개 군함 하

초판 1쇄 발행 2018년 10월 5일

지은이 구양근
펴낸이 김종해

펴낸곳 문학세계사
주소 서울시 마포구 신수로 59-1, 2층
전화 02-702-1800
팩스 02-702-0084
이메일 mail@msp21.co.kr
홈페이지 www.msp21.co.kr
페이스북 www.facebook.com/munsebooks
출판등록 제21-108호(1979. 5. 16)

값 14,000원
ISBN 978-89-7075-884-8 03810

이 도서의 국립중앙도서관 출판예정도서목록(CIP)은 서지정보유통지원시스템 홈페이지(http://seoji.nl.go.kr)와 국가자료공동목록시스템(http://www.nl.go.kr/kolisnet)에서 이용하실 수 있습니다. (CIP제어번호: CIP2018029194)

안개 군함

하

구양근 역사소설

문학세계사

차례

하권

상권

두만강은 흐른다

1

“큰아버님, 제가 죽을 죄를 지었습니다. 이 죄를 무엇으로 다 씻을지 모르겠습니다. 백 배 천 배 사죄드립니다. 용서하십시오.”

백부 김성준은 장독이 퍼진 몸을 비스듬히 앉히고 이불을 걷어 낸다. 중곤으로 열두 대를 맞고도 살아난 것은 집장사령에게 뇌물을 준 덕분에 정통으로 볼기를 치지 않고 비껴쳐 주었기 때문이다. 그래도 아주 물고가 난 원민이 네 명이나 되었고, 죄가 가벼운 원민들은 회오문을 쓰고 풀려났다.

나뭇가지에 올라앉은 겨울 산새처럼 힘없이 상체가 구부러진 큰아버지의 모습에서는 어른들만 간직하는 깊은 외로움 같은 것이 서려 있었다. 조카들과 큰어머니가 김인승과 함께 김성준을 마주 보고 앉아 기묘한 긴장감 속에 조용히

숨을 죽이고 있었다. 벼락이라도 칠 줄 알았던 김성준은 의외로 온화한 얼굴로 변했다.

"다 지난 일이다. 학우는 노국에 잘 있느냐? 내가 수명을 누린들 얼마나 더 누리겠느냐? 너는 어려서부터 의기 있는 사람이었다. 너 때문에 많은 불행이 오긴 하였으나 그 일들이 그르다고는 할 수 없다. 우리 집안은 너의 집과 마찬가지로 완전히 파산했다. 그러나 아직 굶어 죽은 사람은 나오지 않고 있으니 어떻게 살아갈 수야 있겠지."

"우리 학우는 어떻게 지내느냐? 연해주 추풍이란 곳은 어떤 곳이냐? 그 애는 어려서부터 항상 신학문을 알아야 한다고 입버릇처럼 말하던 아이였으니, 노국에 월경한 것도 너의 꾐에 넘어간 것이 아니고 스스로 결정한 일이란 것을 나는 안다."

큰어머니가 의외로 품넓은 말을 한다. 이어 김성준이 다시 말을 받는다.

"조선은 아무런 변화가 없다. 아사자도 속출하고 지방 수령의 학정도 계속되고 월경 탈주자도 계속되고 농민 소요도 끊이질 않고 있다. 네가 노국과 일본에서 한 일도 대강 들었다. 단 왜국은 믿을 수 없는 나라인데 네 판단이 과연 옳은지 걱정이 되는구나."

"이번이야말로 제가 태어나서 가장 옳은 일을 하고 있다고 믿고 있습니다. 여기서 한 가지 식구들한테도 아직 말하지 않은 기밀 사항을 말씀드리겠습니다. 단 이 말은 여기서 듣고 절대 비밀을 지키셔야 합니다. 일본은 조선을 개국시키려 하고 있습니다. 어차피 나라의 문은 열어야 합니다. 기왕 개국을 하려면 문자나 문화가 다른 서양 나라에 의해서 열리는 것보다 동호동문하는 일본이 훨씬 더 낫습니다. 일본은 우리가 상상할 수 없을 만큼 훌륭한 문화 대국을 이루고 있습니다. 서구 열강과 완전히 어깨를 나란히 하고 있습니다. 학우는 열심히 신학문을 탐구하고 있어서, 다음에 조선의 큰 재목이 될 것입니다. 연해주 추풍은 조선인 마을인데, 러시아 정부에서 선불금도 대주고 토지도 대여해 주어서 생활을 보장하고 있습니다. 참으로 바깥세상은 경이의 연속입니다."

김인승은 자기의 조그만 성의라면서 묵직한 주머니 하나를 가만히 내민다. 무엇인가 하고 들어본 큰어머니는 묵직한 돈주머니에 흠칫 놀란다. 손으로 가늠해 보아도 몇백 냥은 거뜬히 될 것 같았다.

"조금이라도 살림에 보탬이 되었으면 좋겠습니다."

그 돈은 집에서 기다리고 있는 다케후지가 일본 외무성

기밀비에서 거마비로 받아 온 것이었다. 다케후지가 외무성을 나올 때 공식적인 출장비 이외에 거마비 명목으로 따로 받았고, 김인승도 봉급 선불금 이외에 세와키로부터 받은 노자가 있어서 여행하는 데는 전혀 지장이 없었다.

큰댁을 나오자 조카들이 일제히 인사를 한다.

"삼촌, 몸조심하세요."

"삼촌, 건강하세요."

사회리에 도착하자 다케후지와 온 식구들이 짊어질 괴나리봇짐에 농기구며 살림 도구들을 싸 놓고 기다리고 있었다. 김인승이 짊어질 봇짐도 따로 마련해 놓았다. 일가족은 발걸음 소리를 죽이며 살코양이처럼 사회리를 빠져나왔다. 이번에 월경할 경로는 김학우, 황만수와 함께 월경했던 그 길이기 때문에 김인승이 자신 있게 앞장섰다.

웅기에서 해안선을 타고 서수라까지 50리 길을 걸었다. 다시 서수라에서 조산까지 20리 길을 나아가 화견봉 20리 길을 향하여 가고 있었다. 김인승은 가족에게 잠시 걸음을 멈추라는 신호를 하였다. 화견봉까지 다 가지 않고 두만강을 건너는, 강폭이 좁고 강심도 얕은 그 지점에 이르렀기 때문이었다. 모두는 강둑으로 내려가 두만강에 몸을 담갔다.

중간의 강심이 가장 깊은 지점에서 발이 뜨자 순덕이는

물을 몇 모금 먹고 허우적댔고, 태범이와 태수가 날쌔게 헤집고 가 양쪽에서 거들어 헤엄쳐 강을 건넜다. 아내는 김인승이 맡았다. 강둑을 오를 때는 전에 황만수가 손을 잡아 주던 지점에서 다케후지가 손을 잡아 끌어올려 주고 있었다.

추풍 마을에 들어서자 마을 밖에 나와 하품하고 있던 개들이 짖어 댔고 하나둘 소식이 전해져 사람들이 모이기 시작하였다. 경원댁이 살던 집은 벌써 텅 비어 있었다. 전에 말했던 것처럼 수이푼 강가의 빈집으로 이쁜이를 데리고 이사해 버리고 만 것이다.

김학우가 외출 나갔다가 돌아왔고 황만수도 달려왔다. 모두 6년만의 해후인지라 손을 마주잡고 흔들어 대며 반가워 어쩔 줄을 몰라 하였다.

"학우야!"

"작은어머니!"

"아저씨!"

그러나 저 멀리 젊은이 두서너 명이 먼발치로 이들을 주시하고 있었다. 그들은 전에도 다케후지를 별로 좋아하지 않았고 김인승이 일본인 동생을 둔 것도 탐탁지 않게 여겼던 사람들이다. 이번에 일본에서 돌아온 것도 조선을 위하여 좋지 않은 꼬임에 말려들었을 가능성이 크다는 확신을 가지고 있는 성싶었다.

김인승은 가족을 추풍에 안착시키고 다케후지와 함께 블라디보스토크 부두에 이르렀다. 지신허의 우암 유병모는 벌써 약속 장소에서 한 치의 착오도 없이 기다리고 있었다. 괴나리봇짐 하나에 단기필마의 심정으로 기다리고 있는 유병모는 조선의 풍운아임이 분명했다. 그는 비록 김인승이 직접 말을 해주고 있진 않으나 분명히 국가 대사에 관한 일이 있으리라 짐작하고 있었다. 일생일대의 임무를 수행하러 간 비장한 각오가 서려 있다.

이번 배편은 증기선 아메리카호를 타기로 하였다. 연해주 일대를 왕래하는 유일한 러시아 증기선이었다. 범선 야포넷호나 쿠리엘호보다 크고 위엄 있어 보였다. 속력도 범선보다 무척 빨랐다. 다케후지가 일본 외무성 외교관증을 제시하자 러시아 쪽에서는 무조건 신임하는 태도였다. 배 안에서 김인승은 유병모에게 자세한 얘기를 했다. 운요호사건 후속 조치로 일본 함선이 파견될 것이고, 담판의 목적은 조선을 개국시키려는 것이고, 우리는 거기에 한 몫을 담당하여야 한다고 했다. 유병모는 짐작하고 있었다는 태도였고 기다렸다는 듯이 대찬성을 표시하였다.

나가사키에 도착한 세 사람은 기차를 타고 도쿄에 도착하였다. 겐보쵸 17번지 오사카옥에 도착하자 누구보다도 먼저 세와키와 하야시가 반갑게 맞이한다. 세와키는 그동안 벌써 진급하여 외무성 기록국장이 되어 있었다.

"김공, 정말 고생 많이 했어요. 계획한 일들은 차질 없이 잘 수행했습니까?"

"덕분에 모든 일을 잘 마무리 지었습니다. 제 식솔들도 추풍에 잘 안착시켰습니다. 소개합니다. 이 분은 유병모 씨입니다. 제 친구입니다. 블라디보스토크에서 언젠가 백부님께서 제게 조선인 월경 탈주민 중에서 지식인이 있느냐고 물었을 때 지신허에는 몇 분 있다고 말씀드린 적이 있는데, 그때 말씀드린 지신허에서 가장 유능하신 분을 모셔 왔습니다."

"반갑습니다. 세와키 어르신에 대해서는 말씀 많이 들었습니다. 잘 부탁합니다. 일본의 발전상은 듣던 대로 놀랍습니다. 나라를 위하여 일할 때를 항상 기다려 왔는데, 이번에 다케후지 공과 김공이 동행을 제의해 기꺼이 따라 나섰습니다."

"잘 오셨습니다. 환영합니다. 황국의 외무성에서도 환영할 것입니다. 제가 즉시 보고하겠습니다."

김인승이 세와키에게 소개하자 유병모가 자기 소개를 하

였다. 옆에 있던 하야시도 인사를 한다.

"저는 하야시 신조林深造, 하야시 도케이이젠의 별호라고 합니다. 이제부터 저희들 세 사람이 같이 이곳에 기거하게 됐군요. 그렇지 않아도 조선에 대해서는 알고 싶은 일이 너무 많고 해야 할 일들도 많은데 잘됐습니다. 외무성 일의 일환이니 김공과 함께 저의 자문에도 응해 주시기 바랍니다."

"이번 형님의 노력으로 추풍에서 지신허로, 지신허에서 훈춘으로, 훈춘에서 두만강을 건너 한지 깊숙이 들어가 일반 백성의 의향이며 조정의 향방까지 샅샅이 알아왔습니다. 적어 온 잡기를 정리하여 외무성에 정식으로 보고 올리겠습니다."

다케후지의 말에 세와키는 얼굴에 야릇한 웃음을 띠고 말했다.

"데라지마 각하께서 지대한 관심을 가지고 계시네. 히로츠 과장이 손꼽아 기다리고 있고. 대 조선 정책은 모든 것이 마무리된 셈이지. 조선에 파견할 전권변리대신에는 개척사 장관인 구로다 기요타카黒田清隆 공이, 부전권변리대신에는 이노우에 카오루井上馨 공이 임명되었네. 곧 '다이리 엑켕參內謁見'이 있을 참이네."

"네? 벌써 그런 단계까지. 다이리 엑켕……."

다이리 엑켕이란 말에 모두 긴장하였다. 궁성에 들어가 텐노天皇를 알현하는 일은 선전포고나 참전 같은 중요한 대외 정책에 최종 허가를 뜻하기 때문이다.

김인승, 유병모는 바로 다음 날 세와키와 함께 외무성 서무국의 요시자와 국장과 미야모토 부국장, 히로츠 아시아 과장들을 급히 만나서 이번 강화도 담판에 관한 자세한 내용을 들었다.

세와키는 따로 이번 전권변리대신 구로다를 면회하였다. 구로다는 삿포로의 고색 찬연한 붉은 벽돌집 건물을 뒤로 하고, 사무실을 옮긴 것이나 마찬가지로 거의 도쿄에 상주하다시피 하고 있었다. 메이지유신 성공 이래 최초로 해외 진출의 교두보를 만드는 중요한 임무를 맡게 되었기 때문이다.

"대신께서 이번에 조선에 진출하심에 있어서 꼭 필요한 인물이 있어서 소개해 드릴까 합니다. 벌써 태정대신과 외무경 각하께서 결정하신 건입니다. 조선어 통변은 물론 대마도에서 전담하고 있습니다만 그들은 순수 조선인과는 다릅니다. 지금 블라디보스토크에 거주하고 있는 러시아 국적 조선인 한 사람이 황국에 와서 많은 도움을 주고 있습니다. 저의 외무성의 외국인 고문으로 일하고 있습니다. 이번에 조선에 함께 가셔서 모든 자문을 구하시면 큰 도움이 될 것입니다."

"그런 인물이 있다면 물론 필요하다마다요. 꼭 소개해 주세요. 데리고 가겠습니다."

"김인승이란 자인데 황국에 대한 충성도가 대단합니다. 조선을 황국의 힘에 의하여 개국하여야 한다는 의지도 오히려 황국인을 앞지릅니다. 그가 바로 이틀 전에 귀국했는데, 이번에는 블라디보스토크에서 국경을 넘어 조선 내지까지 잠입하여 한양의 정가 동향까지 소상히 정탐하여 왔습니다."

"그렇다면 바로 지금의 조선을 알 수 있는 가장 유용한 인물 아닙니까?"

"그의 이번 출장은 다케후지라는 본성 직원과 동행하였는데 귀국할 때는 블라디보스토크의 탈주 조선인 중에서 김인승에 버금가는 한 인물을 데리고 돌아왔습니다. 같이 대동하시면 더 유용할 것입니다.

"좋습니다. 두 사람 다 대동하겠습니다. 일단 김인승이란 자에게 그 사실을 알리고 준비하라고 하십시오."

세와키로부터 소식을 들은 김인승은 감히 전권변리대신이 강화도 담판에 동행을 요구하자 황공하여 몸 둘 바를 몰라 했다. 김인승은 벅차고 갈피 잡을 수 없는 희망으로 받아들여진 후, 먼저 구로다 기요타카 앞으로 자기의 포부를 피력한 서신을 올린다.

김인승 근백배상서어金麟昇謹百拜上書於

특명전권사 구로다 공 각하特命全權使黑田公閣下

소생은 엎드려 아뢰옵니다. 어느덧 황국에 체류한 지도 수개월이 되었는데도 감히 각하를 뵈올 기회가 없었는데 이번에 천행의 기회를 얻게 되어 말로 다 할 수 없을 만큼 기쁩니다. 세와키 공이 소인을 데리고 황국에 온 이후로 저는 분에 넘치는 은혜를 입고 있습니다.

이제 각하의 뜻을 전해 듣고 각하와 황국의 큰 은혜에 몸 둘 바를 모르겠습니다. 반드시 각하와 함께 강화도에 동행하기를 원합니다. 이는 조선을 위해서도 천행이라 사료되는 바입니다.

저로 말할 것 같으면, 조선인으로서 두발을 무엇보다도 중시합니다. 그것은 마치 사슴의 뿔이나 사향노루의 배꼽을 아끼듯 합니다. 비록 제가 이역 땅에 발을 디뎌 놓았지만 그 이후로 아직까지 머리를 자르지 않았으며 의복을 바꾸지도 않았습니다. 나는 비록 국군國君을 등진 유랑민이 되었지만 죽어도 고국의 혼이 되려고 한 까닭입니다.

그런데 이번 수행에서도 만약 머리를 깍지 않고 의복을 바꾸지 않으면 이는 제가 조선인만을 자처하는 일이며 일인의 입장에 처하는 것이 아니니 어찌 황국의 신임을 받을 수 있겠으며 조선에 의혹을 남기지 않을 수 있겠습니까. 고인이 말하기를, 만약 국익이 된다면 어찌 발부髮膚를 아끼랴 했듯이, 제가 기왕 귀국에 충성을 바치기로 작정한 이상 어찌 발부를 아끼겠습니까. 이런 연고로 저는 이제부터 과감히 삭발을 하고 귀국에 의탁하여 진심봉공盡心奉公을 약속한 후에 떠나기로 하겠습니다. 이번 수행에서 물론 세와키 씨와 같이 가게 되리라 믿으며 저의 친구 유병모도 함께 가기를 간절히 바라며 처분을 기다립니다.

메이지 8년 12월 17일

김인승은 이 시점에서 자기가 완전한 일본인이 되어서 일을 하는 것을 자기의 임무로 생각했다. 이 진술서는 1875년 12월 17일자의 공문인데 바로 다음 날12월 18일, 야스다 사다노리安田定則의 이름으로 답신이 온다. 야스다 사다노리는 구로다의 최측근으로서 개척소판관開拓少判官으로 있으면서 역시 이번 구로다를 수행하고 강화로 갈 사람이다.

김인승 공

어제 우리 변리대신에게 보낸 글은 잘 받아 보았습니다. 족하께서 우리나라를 위하여 힘껏 종사한다는 의미에서 머리를 깎고 의복을 바꾸어도 후회하지 않겠다는 진지한 뜻을 알고 대신께서는 무척 칭찬해 마지 않으셨습니다. 때문에 제가 대신하여 그 뜻을 전하는 바입니다. 세와키 씨와 같이 가겠다는 건은 아직 정부의 의사를 잘 모르지만 갑작스러운 청을 들어주지는 못할 것입니다. 유병모의 동행은 문제없을 듯합니다.

야스다 사다노리 백安田定則白

일본으로서는 김인승의 태도에 흡족해하고 있었다. 김인승은 비록 의리상 자기를 일본까지 데려온 세와키와 함께 가게 해 달라고 하는 청이 거절되었으나, 유병모의 동행은 허락을 받았기 때문에 이제부터 그가 할 수 있는 최고의 충성을 약속한다.

이에 구로다는 당신이 강화도 담판에 참가한다면 무슨 말로 조선의 관리들을 설득하겠는가, 그 구체안을 서면으로 먼저 예행 진술해 보라고 요구한다. 이에 김인승은 손수 번호를 매겨 가며 진심에서 우러나오는 대 조선 방책을 토로한다. 다음은 김인승이 장문의 진술서를 작성하여 구로다에게 제출한 내용이다.

김인승 돈수백배언金麟昇 頓首百拜言

소인으로 말할 것 같으면 월경 탈주한 조선국의 죄인입니다. 이런 소인에게 하늘에 사무친 은혜를 베푸시니 백골난망이 아닐 수 없습니다. 이제 이런 은혜를 받고 이런 기회를 얻었으니 어찌 끓는 물, 타는 불 속이라고 고사하겠습니까. 소인은 견마지로를 다할 것을 이 자리에서 하늘을 두고 맹세합니다. 다음에 제가 조선 관리들을 설득할 내용을 피력합니다.

1. 먼저 나 스스로가 나라를 탈출한 조선 탈주 난민이기 때문에, 아주 핍진하게 각국의 정세, 러시아가 청의 국경을 범한 일 등을 상세히 말한다.
2. 일본과 친목하기 위해서는 봉건제는 혁파하여야 한다. 정무에 중점을 두고 종실을 혁신하며 외무성을 설치하여야 한다.
3. 지금처럼 외국이 호시탐탐하고 있는 시기에는 조선이 먼저 강화를 청하지 않으면 안 된다. 그런데 일본이 먼저 조선에 강

화를 청하고 있으니 실로 감사하기 이를 데 없는 일이 아닌가.

4. 성종成宗 조의 대신 신숙주 공의 임종이 가까워 오자 성종대왕께서 친히 왕림하시어 '무슨 할 말이 있는가'라고 물었다. 신공은 '바라건대 우리나라는 일본과 화친하여야 합니다'라고 했다. 신공의 이 한 마디는 만세에 교감이 될 것이다.

5. 조선은 벌써 서로는 청나라에 사대를 하고 있고, 이제 동으로 일본과 수교하면 구주 오랑캐를 어찌 걱정할 필요가 있겠는가.

6. 지금 조선은 북으로 양이洋夷, 러시아와 접하고 있는데, 만약 동으로 일본을 잃는다면 신의에 반할 뿐만 아니라 적국이 하나 더 생기는 격이다.

7. 일본과 조선이 자고로 수호의 관계를 맺어 온은 외국인도 모두 아는 바이다. 지금 다시 결의를 하는 것은 표리에 맞는 일이다.

8. 일본은 공사가 각국에 주재하면서 그 나라의 내정을 탐색하여 치보馳報하고 있다. 일본에서 발간하는 《만국공보萬國公報》는 부산 왜관을 통하여 동래부, 정부로 전달되고 있다. 변방의 봉화를 둘 필요가 있는가.

9. 급한 일이 있을 때 전신기를 쓰면 아주 빠르다. 일본에서는 장문주長門州, 나가사키까지 2~3시간이면 닿는다. 장문주에서

부산포까지는 배로 1~2일, 부산포에서 서울까지는 4~5일 걸린다. 수천 리 밖의 일을 7~8일이면 알 수 있다.

10. 일본이 11개의 외국과 수교를 맺을 때 언약하기를, 만약 한 나라가 의를 지키지 않으면 나머지 10개 나라가 함께 공격하여 위약한 죄를 추궁하기로 하였다. '호월일가胡越一家'란 이를 두고 하는 말이 아닌가.

11. 외국인들과는 말을 통하기가 어렵고 글이 같지 않다. 그러나 인간의 타고난 성품이나 염치의 천성은 매일반이다. 그들 외국은 벌써 청국이나 일본과 수교를 맺고 통상을 하고 있다. 일본은 중재 역할을 하고 설득하기에 좋은 위치에 있다.

12. 조선의 심목心目은 아주 정교한 데가 있다. 일본과 수교한 후에 조선술이나 병기 주조법을 습득하면 조선의 기계가 어찌 외국에 떨어지겠는가.

13. 수호조약이 맺어진 후에는 서로가 이익만 있고 손해가 없으니 이것이 바로 부국강병책이다. 지금 만약 수호를 맺지 않고 인국隣國의 병화라도 불러들인다면 죄 없는 창생을 전화의 와중으로 끌어넣게 된다.

14. 싸워서 이기고 짐은 병가지상사라고 하지만 요새는 그렇지도 않다. 일본과 각국이 강화를 맺으면서 급할 때 서로 도와주기로 한 약조가 있다.

15. 임진란과 같은 일이 벌어졌을 때 명군과 같이 청이 다시 원조해 주는 일은 없을 것이다.

16. 두 나라가 자웅을 겨루고 있을 때 만약 조선인 중에 교활한 자가 있어 마음에 모반의 뜻을 품고 왜국과 내통한다면 어떻게 되겠는가.

17. 조선 조정에서는 스스로 자국의 일이라고 하면서도 자세하게 아는 사람이 없다. 그러나 외국인은 한번 조선에 발을 디뎌 놓으면 지형의 험이險易며, 인성의 강약, 도로의 원근 등을 모두 얻어 알아낸다. 지금 조선의『경국대전』,『대전회통』,『병학지남兵學指南』등이 모두 이곳에 유입되어 있다.

18. 여러 말 할 필요 없다. 청국은 그처럼 인구가 많고 땅이 넓은데도 대만 일전에서 먼저 강화를 청하여 일본과 강화조약을 맺었다. 두루 살펴 깊이 생각하라.

변리대신수행어중辨理大臣隨行御中

공갈 협박을 가미한 윽박지르는 투의 열변인데, 어떤 의미에서는 무척 일리가 있는 이론일 수도 있다. 그러나 그것은 착각이었다. 김인승은 인간이란 외국인이라도 타고난 성품이나 염치의 천성은 매일반이라고11항 했다. 그러나 특히 일본인은 한국인과 타고난 성품이 다르고 도덕률의 기준이 다른 동상이몽의 나라였다. 그는 수호조약을 맺으면 서로가 이익만 있고 손해는 없을 것이라고13항 했으나, 일본인 경우는 그렇지만 조선의 경우는 손해만 있고 이익은 없는 정반대의 결과가 올 수 있다는 것을 간과하고 있었다. 또한 조선과 일본이 자웅을 겨루고 있을 때 교활한 자가 있어 왜국과 내통한다면 어떻게 되겠는가 하고16항 반문하고 있는데 그 내통하고 있는 자가 바로 자기라는 것은 꿈에도 모르고 있었다.

구로다는 부산의 왜관과 조선어 역관 등에게서 수집한 정보에 의하여, 김인승이 경흥부에서 모시고 있다가 견원지간이 되어 월경 탈주하지 않으면 안 되었던 부사 윤협이 공교롭게도 현재 인천부사로 있다는 것을 알고, 윤협에 대하여 아는 대로 자세히 적어 달라고 부탁한다. 이에 김인승은 제목도 날짜도 적지 않고 윤협에 대하여 아는 바를 적어 올린다.

윤협의 선조는 자당子堂이다. 자당공은 큰 충훈이 있었기 때문에 그 후손들은 그의 그늘에서 벼슬이 끊이지 않았다. 겉으로 보기에는 윤협 자신도 학식이 있고 재능이 있어서 사람들과 말을 할 때는 임기응변이 물 흐르듯 한다. 계해癸亥, 1863 6월에 특별히 윤씨를 선발하여 함경도 경흥부사로 삼았다. 윤협은 일찍이 대원군을 모시던 자로서 대원군으로부터 신임을 받고 있었다. 경흥부사의 임기 3년이 차자 조정에서는 그의 치적을 가상히 여겨 포상하고 경흥부사 겸 방어사로 임명하여 3년을 더해 줌으로 전후 6년을 경흥부에 재임하였다. 얼마 되지 않아서 다시 황해도 평산平山부사로 임명받았다. 내가 조선을 탈출한 이후 그가 다시 어디로 임관되어 갔는지는 모르겠다. 그런데 어제 우라세浦瀨의 말을 들은 즉, 지금 인천부사로 있다 한다. 인천부사는 평소에는 방어사를 겸할 수 없는 직책이다. 이번 일은 인천부사와 대원군이 협의 내지 공모할 것이니 갈등이 있을 것을 각오하여야 한다.

내가 윤협의 특이한 위치를 듣고 오매에도 원통한 것은 그와 한차례 설전을 벌일 수 없는 일이다. 나는 이제 사람의 눈에 띄지 않게 변복을 하고 가야 하니 그것이 슬플 뿐이다.

김인승이 인천부사와 그처럼 가깝다는 것은 큰 참고 사항이었다. 비록 현재는 대원군이 실각하여 힘을 못쓴다 하지만 혹 윤협이 대원군의 밀령을 받고 모종의 일을 벌일 수 있기 때문이었다. 김인승의 입장에서는 원수를 외나무다리에서 만난 격이었다. 구로다로서는 지피지기知彼知己 하는 격이었다.

여기서 말하는 우라세는 이번에 구로다를 따라 김인승과 같이 조선에 갈 통역관 우라세 유타카浦瀨裕를 말한다. 당시 조선어 통역관은 우라세 외에 아사야마 켄조淺山顯藏, 나카무라 쇼지로中村莊次郎, 요시무라 헤이시로吉村平四郎, 아비루 유사쿠阿比留祐作, 타케다 쿠니타로武田邦太郎 등이 있었으나 우라세가 가장 조선어에 능통하였으며, 조선 정부에는 최조崔助라는 이름으로 알려진 자이다. 그는 역관답지 않게 상당히 넓은 지식과 식견까지 갖추고 있는 인물이었다.

한국에서 '친일파'라고 하면 독특한 의미로 통한다. 일본과 친한 사람이 아니고 일본인도 놀랄 만큼 일본의 입장에서서 매국 행위를 한 자를 말한다. 김인승 자신은 꿈에도 모르고 있었지만, 김인승이야말로 강화도로 떠나기 전에 벌써 제1호 친일파가 되어 가고 있었다.

2

오늘은 '다이리 엑켕'을 하는 날1875. 12. 30이다. 이번 조선 파견 요인은 전권변리대신 구로다 기요타카黑田淸隆와 부전권변리대신 이노우에 가오루井上馨가 인솔자이다.

황거皇居라고도 하고 금리禁裏라고도 하는 텐노가 거처하는 곳은 원래는 옛 에도성의 도쿠가와 집안의 역대 '쇼군將軍'이 기거하던 곳이다. 메이지유신 이후 교토에서 에도로 수도를 옮기면서 에도를 도쿄로 부르고 텐노와 그 일가가 이곳에 살게 되며 황거로 부르게 되었다.

해자를 건너 이중교 문 앞에 이르자 육중한 문이 열렸다. 제복을 입은 안내원의 뒤를 따라서 들어서니 넓은 정원에 햇빛은 내려쬐는데 바스락 소리도 들리지 않을 정도로 정적이 감돌았다. 낮도깨비라도 나올 것 같은 적막이었다. 정청正廳의 응접실에 앉아 한참을 기다리니 텐노가 온다는 기별이 있다. 모두 일어서서 텐노를 맞이하였다.

전형적인 조선인의 얼굴을 한 텐노는 아직 청소년기를 벗어나지 못했다. 나이가 공교롭게도 고종 황제와 같은 23세였다. 생일은 고종이 두 달 빨랐다. 몸도 왜소하고 병약하여 그의 본처 이치조 하루코에게서는 아이를 갖지 못하고 있었다. 그런데 우리의 임금의 자세와는 완전히 다른 면이 있다. 그는 자기가 현인신現人神이라는 흉내를 내야 하기 때문에 인간의 채취를 한껏 제거하려 노력하고 있는 모습이 역력했다. 나이에 걸맞지 않게 구레나룻 수염을 기르고 입을 옹다

물고 얼굴에서 웃음기를 뺐다. 복장은 무엇을 주렁주렁 달아서 위엄을 나타내려 안간 힘을 쏟고 있었다.

대정봉환大正奉還의 메이지유신이 이루어진 지 8년 밖에 안 되기 때문에 모든 제도가 아직 어색하였다. 메이지 텐노의 제복은 즉위 직후에 있었던 그의 부 고메이孝明 텐노의 장례식에서부터 판연히 바뀌기 시작하였다. 종래의 중국의 애면哀冕을 폐지하고 자기들의 신도식神道式을 채택한 것이다. 보통 텐노의 제복은 대원수의 군복형으로 육해군의 장관복을 더 호화롭게 장식한 것이었다. 보통 때는 육군형 제복을 많이 착용하나 때로는 더 요란한 해군형 제복도 착용했다.

오늘은 해군형 제복을 입고 등장하였다. 트레이닝복 같은 흰 바지에 검정 상의를 착용했는데 오른쪽 어깨에서 왼쪽 허리로 내려 두른 넓고 붉은 리본이 인상적이었다. 계급장인지 장식인지 분간이 안 가게 온통 황금빛 수를 찬란하게 놓았다. 가슴에 옆으로 다섯줄이나 길게 장식한 것은 단추를 채우기 위한 장식인 성싶었다. 양 어깨 위에는 전혀 어울리지 않는 모자만큼이나 큰 술을 올려놓고 있었다.

텐노가 조선인의 얼굴을 한 것은 그럴 수밖에 없는 이유가 있다. 일본 텐노가는 백제 근초고왕의 아들인 근구수왕

이 태자로 있을 때 일본 열도를 통일하고 야마토大和 왕조를 세워 오진 텐노應神天皇. 15대가 된 이후, 백제 왕족에 의해 단속적으로 계승되고 있기 때문이다. 지금도 나라奈良와 오사카 근처에는 조선에서 온 텐노들의 거대한 전방후원분前方後圓墳, 앞은 네모난 땅을 형상, 뒤는 둥근 하늘을 형상. 즉 배달, 고조선의 천지인 사상이 가득한 '아스카' 지역을 이루고 있다. 일본에서 가장 큰 전장 486m의 전방후원분은 오진 텐노의 넷째아들 진토쿠仁德. 16대 텐노의 무덤인 것이다. 근초고왕은 백제의 제후왕인 왜왕에게 칠지도七支刀를 하사하여 신표로 삼았다.

구로다 대신이 먼저 말을 꺼낸다.

"텐노 폐하! 옥체 만안하십니까. 오늘 텐노 폐하를 알현하게 된 것은 지난 9월 1일 어전회의에서 결정한 대로 조선의 무례를 힐문하고 황국의 역량으로 조선을 개국하고자 군함을 파견함에 있어서 텐노 폐하께 보고를 드리고 윤허를 얻고자 합입니다."

"언제 출국합니까. 군대는 얼마나 파견합니까?"

"일주일 후, 즉 내년 1월 6일 출발할 예정입니다. 지난번 텐노 폐하께서 윤허하여 주신 대로입니다만, 다시 한 번 보고 드리면, 겐부함玄武艦 본선에는 저와 부전권변리대신 이노우에 가오루 군이 탑승하여 총 지휘하고, 교류함矯龍艦과

하코다테함函館艦에 주병력을 승선시키고 닛신함日進艦, 모슌함孟春艦, 다카오함高雄艦에 부병력을 승선시켜 호위케 하고 있어 총 6척의 함대가 출동할 예정입니다. 구체적인 병력 수는 겐부함에 66명, 교류함에 42명, 하코다테함에 54명, 닛신함에 1백 60명, 모슌함에 82명, 다카오함에 4백 5명, 이상 합계 8백 9명의 병력입니다."

"주 수행원은 어떤 사람들입니까?"

"저와 부대신 이노우에 가오루 군을 제외하고, 칙임관勅任官) 육군 소장 오이타 마사아키種田政明와 외무대승 야마모토 코이치宮本小一, 외무권대승 모리야마 시게루森山茂, 육군 중좌 가바야마 스케노리樺山資紀, 개척소판관 야스타 마사노리安田定則, 개척간사 고마키 마사나리小牧昌業, 준육군 소좌 나가야마 타케시로永山武四郎, 개척사 7등출사 스즈키 다이스케鈴木大亮 등 31명입니다. 개척사 출장소 안에 한 국局을 설치하고 제반 준비를 마무리했습니다. 특히 9월에 운요호를 끌고 조선 해협을 측량하다가 불의의 포격을 받았던 해군 소좌 이노우에 요시카井上良馨 군이 다카오함의 함장으로 참여하고, 포병 사령관에 시바야마 야하치柴山矢八 군, 보병 중대장에 시키 모리유키志岐守行 군 등 유능한 지휘관이 동행하고 있습니다."

구로다는 준비해 간 원고를 두어 번 내려다보았을 뿐 텐노의 얼굴을 보며 편하게 이야기하고 있었다. 그러나 김인승과 유병모에 관해서는 아무런 언급도 하지 않았다. 그들은 자기의 참모나 역관으로 개인적으로 대동하는 형식을 취하고 있었기 때문이다.

오늘날 텐노가 이 자리에 앉아 있게 된 것은 구로다의 공로가 지대했다. 구로다는 사쓰마薩摩, 현 가고시마 출신으로 살영전쟁薩英戰爭, 사쓰마와 영국과의 전쟁에 참여하였으며, 후에 토막운동討幕運動, 막부 타도 운동에 참여하였고, 메이지유신의 직접 계기가 되는 삿초 연합薩長連合, 사쓰마와 조슈의 연합에 진력했던 인물이다. 막부 세력과 유신 세력의 마지막 전투에 해당하는 무진전쟁戊辰戰爭 때는 고료카쿠五稜郭 포위 공격에 지대한 공을 세운 자이다.

개척사란, 태정관 직속 기관으로서 원래는 홋카이도 개척을 목적으로 설립하였다. 그는 1870년에 개척차관이 되고 1874년에 개척장관이 되었다. 그러나 그는 거의 사무를 도쿄 출장소에서 보았으며 외국인 고문으로 케프론Capron, Horace 이하 미국인 48명, 그 외 외국인 고문 30명을 거느리고 개척 사업에 임하고 있었으며, 개척 사업뿐만 아니라 각종 산업의 진흥은 물론 학교 교육에까지 폭넓게 간여하고 있는 실권자였다.

텐노는 오히려 구로다에 위축된 눈치였다.

"한 나라를 상대하는데 8백 명의 병력으로 부족하지 않겠습니까?"

"아니옵니다. 그런 정도의 병력이면 조선을 제압하기에 충분하다고 생각합니다. 저희들이 파악한 정보에 의하면 조선은 군대가 없는 것이나 마찬가지입니다. 해군으로 말할 것 같으면 신식 군함 한 척, 신식 대포 한 대도 없는 나라입니다."

"일선日鮮 양국은 고래로 밀접한 관계가 있는 나라입니다. 조선이 그처럼 낙후한 것은 황국에게도 일말의 책임이 있습니다."

텐노는 더 많은 말을 하고 싶지만 왕의 입장에서 문제가 될까 봐서 말수를 줄이는 눈치였다. 그날 텐노에게 가지고 간 선물은 구로다 변리대신이 금錦 세 말이卷, 홍백축면紅白縮緬 네 필, 이노우에 부대신이 금 두 말이, 홍백축면 두 필, 오이타 육군 소장이 단자緞子 한 필, 백우白羽 두 필, 주임관奏任官 18명의 명의로 각각 백우 두 필씩을 바치고, 판임관 12명의 명의로는 백견白絹 한 필씩을 드렸다. 그러나 판임관 12명은 텐노를 알현하는 장소에는 참여하지 못하고 밖 응접실에 기다리고 있다가 텐노 알현을 끝나고 일행이 나올 때 같이 합류하였다.

인천으로 뱃머리를 돌려라

1

텐노를 배알하고 물러나온 육군 중장 겸 참의 개척장관인 변리대신 구로다와 부대신 이노우에, 그리고 오늘의 반장격인 칙임관 육군 소장 오이타, 그리고 주임관 18명, 판임관 12명 등 33명은 이번에는 황거 안에 있는 현소賢所, 가시코 도코로 참배를 위하여 발걸음을 옮겼다.

황거 안에는 궁중삼전宮中三殿이라고 하는 세 동의 사당 건물이 있다. 현소와 신전神殿, 황령전皇靈殿이 그것인데, 현소에는 텐노가의 신체神體라는 삼신기三神器, 거울, 곡옥, 검가 있는 곳이다. 삼신기는 텐노 즉위식 때 전수받는 형식을 취하고 있다. 이는 일본 건국 신화에 근거한 그들의 정통성의 증명이며 텐노의 영속성의 상징인 것이다. 삼신기는 그들의 시조 천조대신天照大神, 아마테라스 오미카미이 손자인 경경저존瓊瓊

杵尊. 니니기노 미코토에게 하사했다는 것이다.

그러나 알고 보면 황거의 현소에 있다는 삼신기는 고조선 건국사에서 나오는 천부인 세 개를 흉내 낸 것에 불과하다. 처음에 천신이 아들 환웅에게 세 개의 보기寶器를 주어 신단수 아래로 내려가 조선이라는 나라를 세우게 한다. 자기가 통치하는 나라에 자기 신화가 따라감은 아주 자연스러운 현상이었다.

신전은 일본 국가 신주들이 모셔져 있다. 국가 신주는 모두 285위인데 그 중에서도 가장 중요한 3좌만이 신전에 모셔져 있다. 3좌는 바로 조선신인데, 백제신이라고 하는 '한신 이좌韓神二座'와 신라신이라고 하는 '원신 일좌園神一座'를 말한다.

황령전에 모신 신주들은 역대 텐노가의 조상신들이다.

궁중 삼전 앞에는 도리이鳥居라는 정문이 있는데 큰 나무 젓가락 두 개를 세워 놓은 것 같은 원통형 붉은색의 기둥이 세워져 있고 그 위에 가로로 두 개의 나무가 얹혀져 있다. 도리이는 인도의 산치Sanchi 대탑의 아치형 관문 '도라나'를 본 딴 것이라고도 하는데, 산치 대탑의 도라나는 위에 가로지르는 들보가 세 개인데 반해 일본 도리이는 두 개의 가사키笠木가 가로지르고 있다. 그러나 알고 보면 인도의 도라나나 일본의 도리이나 모두 고조선의 '솟대'에서 유래한 것이다. 일본의 도리이는 숫제 '새鳥가 살고 있음居'이라고 하여 우리의 솟대라고 스스로 말하고 있다.

삼전 참배는 모두 신관神官의 안내를 따라야 한다. 신관은 허옇고 긴 두루마기를 입고 입을 옹다물고 신성한 분위기를 조성하려 애를 쓰는데 흡사 저승사자 같은 형태를 하고 있다. 입구에는 데미즈야手水屋라는 세면대가 있어서 경배하기 전에 손을 씻고 입을 헹구고 들어간다. 일본에는 약 10만 개의 신사귀신 모시는 사당가 있으며 전체 국민의 약 90퍼센트가 신교神教 신자이다. 신교는 알고 보면 배달 나라와 고조선의 신교를 그대로 잇고 있는 것에 불과하다.

궁중 삼전에서는 해마다 11월 23일 초저녁에 텐노가의 가라카미韓神라는 신 모시기 제사인 신상제新嘗祭, 니나메사이, 추수감사제를 거행한다. 그때는 축문인 '가라카미韓神'를 낭창하는데, 텐노 자신은 무슨 뜻인지도 모르지만 그 안에는 고대 조선어 원음도 많이 가미되어 있다. "아지메 오게 오오오오 오게阿知女 於介 於於於於 於介, 아주머님 오십시오, 아아아아 어서 오십시오." 하며 단군 조선의 토템 웅녀를 부르고 있는 것이다. 한신인장무韓神人長舞라는 춤도 자세히 보면 조선의 버선을 신고 무인복인 붉은 주름치마를 입고 춤을 추는데, 고대 한국의 어깨춤이 분명하다.

텐노 예방단은 현소에서 신주神酒와 폐물幣物을 드리며 간절히 소원 성취를 빌었다. 메이지유신이 성공한 이래 처음 있는 해외 진출이어서 그 성공 여부는 참으로 영향이 막대할 것이 틀림없다. 가장 약한 조선을 대상으로 정하긴 하였으나 어떤 변수가 일어날지는 아무도 모르는 일이다.

현소에서는 마치 참배 충성 경쟁이라도 벌어지고 있는 것 같았다. 제관祭官의 안내에 따라서 구로다가 먼저 이례이박일례二禮二拍一禮를 하였다. 두 번 허리를 깊이 숙여 절을 하고, 일어나서 두 번 소리 내서 크게 손바닥을 친 후에 다시 깊이 한 번 허리를 숙이는 것이다. 그런데 구로다는 허리 펴기를 잊어버리기라도 한 것인가, 다시 일어설 줄을 모르고 끝없이 엎드려 간절한 기도를 드리고 있었다. 다음번의 이노우에 부대신은 더 오랫동안, 오이타 소장은 더 오랫동안 허리를 펴지 않았다.

나머지 주임관 18명은 공동으로 참배하였고, 판임관 12명도 공동으로 참배하였다. 그들도 할 수 있는 한 더 충성도를 나타내려는 듯 늦게 허리를 편 까닭에 허리를 펴는 속도가 모두 달랐다. 이날 현소에 바친 폐물은 구로다가 금錦 한 말이, 이노우에가 역시 금 한 말이, 오이타가 홍견紅絹 한 필과

백견 한 필이었고, 주임관 18명은 각각 백우白羽 한 필씩을, 판임관 12명은 각각 쇄포晒布 한 단씩을 바쳤다.

"신이시여! 제발 조선을 황국의 세력권 안에 들게 도와주옵소서. 신이시여! 신이시여! 신이시여!"

가장 효험이 크다는 한신에게 간절히 빌고 있었다.

그런데 실은 일본인이 믿는 신은 흔히 팔백만八百萬の神, 야오요로시노 카미이라고 하듯이 그 수가 끝이 없다. 마당신도 있고 당산나무신, 기둥신, 변소신, 부엌신, 바위신, 길신, 심지어는 '정어리 대가리', '성기'의 신까지 모든 잡신을 다 믿기 때문에 어디나 대고 무조건 손을 싹싹 비비는 것이 일본인이다.

원래 일본은 에도 시대만 해도 2백 개 이상의 나라로 갈라져 당파 싸움으로 해가 뜨고 해가 지던 곳으로, 인간의 목숨은 파리 목숨과도 같았으며 한치 앞을 내다볼 수 없는 세상이었다. 사무라이武士는 일반 백성이 무례하다고 생각되면 언제 어디서라도 목을 베어 버릴 수 있는 '키리스테 고멩切捨て御免'이라는 권한이 있었다. 때문에 사무라이가 나타나면 백성은 죄가 있건 없건 무조건 엎드려서 "용서해 주십시오.", "드릴 말씀이 없습니다.", "죄송합니다."를 연발하며 굽실굽실 기었다. 그렇지 않으면 살아남기 어려웠다. 그러다

보니 그들은 아무데나 대고 무사안일하게만 해주십사 빌고 또 빌어야 했다. 일본인의 예의바르다고 하는 연원은 바로 여기에서 연유한 것이다.

또한 영주大名, 다이묘는 자기 관할하의 모든 생산량을 깡그리 착취해 가져가 버리고 일반 백성에게는 굶어 죽지 않을 만큼만 남겨 주기 때문에 그들은 남은 쌀 한 톨, 야채 한 부스러기까지 남기지 않고 긁어 먹어야 겨우 연명이 가능하였다. 일본인의 근검절약 정신의 연원은 바로 여기에 있는 것이었다. 그러던 일본이 메이지유신의 성공으로 이제는 서구열강의 꽁무니만 따라가면서, 한편으로는 원 사고방식은 일본 정통을 버리지 못하고 있으니 인두수신人頭獸身 같은 우스운 모습이 되어 있었다.

이중교를 건너 황거를 나온 일행은 갑자기 안전에 펼쳐지는 도쿄의 정경을 바라보며 다음에 전개될 역사적 장면을 그려보고 있었다. 이중교 앞 광장에는 덩치 큰 까마귀들이 날기도 하고 모이를 쪼기도 하며 일행을 말똥말똥 바라보고 있는 것이 마냥 위협적이었다. 저공 비행으로 착륙하는 까마귀는 '우둥퉁!' 지각을 울리며 땅을 힘껏 밟아 앞으로 가다가 멈추곤 하였다.

2

1876년 1월 6일, 강화도로 출발하는 날이다. 구로다는 김인승과 유병모를 가까이 오라 해서 말했다.

"김공! 유공! 이제부터 그대들과 나는 밀접한 관계를 갖고 행동해야 할 것이오. 따로 말하지 않을 테니 혹시 옆에서 누가 제지하더라도 알아서 항상 내 곁으로 오시오. 우라세 군도 내 옆에 둘 것이오. 김공과 유공, 우라세 군 그리고 개척소의 야스다安田 군 등 4명은 알아서 내 곁에서 말도 하고 의견도 제시해 주시오. 그리고 이것은 아는 사람이 많지 않은 군사 기밀이오만 지금 시모노세키에 '정한사무소征韓事務所'를 설치하고 수만의 육해군이 대기하며 조선 진출에 만반의 태세를 기하고 있소. 이 말은 김공과 유공이 조선에서 그곳 관리들과 대담하는 중 필요할 때 말을 흘려서 압박용으로 사용해 주기 바라오."

그러자 김인승은 두 손을 마주 잡고 구로다에게 말했다.

"황공합니다. 소인을 이렇게 중용해 주시니 이 은혜 어떻게 갚아야 할지 모르겠습니다. 제가 태어나서 이렇게 보람된 일을 할 수 있다는 것이 꿈만 같습니다. 각하께서 조선을 설득하여 개화의 길로 인도하시겠다는데 제가 무엇을 못하겠습니까."

오늘 수행원들은 동경 개척사 출장소에서 구로다 일행이 오기를 기다렸고, 구로다 일행이 출장소에 도착하자 오후 1시 40분에 일제히 해군성으로 출발하였다. 해군성 내에는 완전무장한 해병 1소대와 악대 1분대가 대기하고 있었고, 구로다 일행이 차에서 내리자 일제히 "받들어총!"을 하고 군악대의 요란한 연주가 울려 퍼졌다. 산죠 태정대신은 사자를 파견하여 금번 대 조선對朝鮮 책무가 성공리에 끝나기를 바라는 축사를 낭독하였다.

해군성에서 행사가 끝나고 소선을 타고 가와무라河村 해군대보의 호송을 받으며 본선에 도착했고, 본선 겐부함은 오후 4시 정각에 출범을 시작하였다. 군함인 닛신함은 오늘 요코하마橫濱에서 동시에 출발하고, 역시 군함 모슌함은 나가사키에서 동시에 출발하기로 되어 있었다. 다카오함, 교류함, 하코다테함은 본선과 함께 시나가와品川를 출발하였고, 모든 배가 일단 회합하는 장소는 대마도의 다케시키만竹敷灣으로 하였다.

다케시키만에 도착한 것은 일주일 후인 1월 13일 오전 7시 50분이었다. 다케시키만은 대마도의 수도 이즈하라嚴原에서 30리 떨어진 30호 정도의 한가한 어촌에 불과하지만 산세며 자연 환경이 좋은 항구로, 전에는 조선을 괴롭히던 왜구의 소굴이기도 하였다. 군함 모슌함은 벌써 도착해 있었고 이어서 다카오함이 입항하였다. 이날 외무소승 히로츠 히로노부廣津弘信를 부산에 파견하여 일본 정부에서 대신급 인물이 강화도 포격 문책을 위해 출발한다는 사실을 조선 관원에게 알리기로 하였다. 먼저 해군소장 나카보타 쿠라노스케中牟田倉之助가 호쇼함鳳翔艦으로 부산에서 돌아와 외무소승 히로츠와 함께 이즈하라에서 기다리고 있었다. 아시아 과장 히로츠는 대조선 담판에 즈음하여 외무소승이라는 이름으로 임하기로 한 것이다. 모든 함정이 다케시키만에 도착하였다.

다케시키 촌장의 집을 임시 사무실로 쓰며 변리대신의 모든 사무를 보았다. 다케시키 촌장은 원래 나가사키의 사족으로 이름은 다카시마 사이자부로高島才三郎란 자였다. 구로다 옆에서 하는 일들을 무심히 바라보고 있던 김인승이 다카시마 촌장에게 말을 걸었다.

"촌장님께서는 대마도에 오래 사셨습니까?"

"저는 이곳 토박이는 아닙니다. 메이지유신 이후에 개척사의 이민 정책에 의하여 나가사키의 일곱 가구가 대마도에 정착하게 되었는데 그때 오게 되었습니다."

"이곳 사람들의 조선에 대한 인상은 어떻습니까?"

"나는 이곳에 와서 놀랐습니다. 처음에는 여기가 조선인지 일본인지 분간이 가지 않았습니다. 조선은 가깝고 일본은 멀다는 것도 이유이지만 에도 시대에는 여기까지 정부의 힘이 거의 미치지 않았고 이들은 조선과 더 밀접한 관계를 맺고 있었습니다. 때로는 조선을 향해 노략질도 하고 때로는 조선 정부의 은혜도 받으며 살아 오고 있었지요."

"촌장님께서는 조선어를 할 줄 아십니까?"

"처음에는 전혀 몰랐는데 여기 와서 조금 배웠습니다. 이곳 사람들은 거의 조선어를 얼마만큼은 다 할 줄 압니다. 조선에 대해서는 인상도 좋고 매우 호감을 가지고 있는 사람들입니다."

옆에서 유병모가 한 마디 거들었다.

"조선과 일본은 가장 사이좋게 지내야 합니다. 같이 힘을 합하여 서구 열강의 침략을 막아 내야지요. 좋은 인연으로 다시 만나 뵙기를 바랍니다."

다카시마 촌장은 유병모의 말에 기분이 좋아졌는지, 자기는 단순한 시골 항구 마을의 촌장이 아니고 유신 주체 세력인 사쓰마의 사족이란 것을 과시하려는 것인지 묻지도 않은 대마도와 조선의 무역 상황을 줄줄이 외기 시작한다.

"종래에 조선에서 일본에 수출하던 품목은 호피, 웅피熊皮, 견피犬皮, 면포綿布, 상기鱶鰭, 어포류, 북어, 우피牛皮, 우각牛角, 우마골牛馬骨, 인삼, 웅담, 황금黃芩, 한약재, 모란피한약재, 산수유 등이었고, 일본에서 조선으로 가는 물품은 동, 도기, 명반明礬, 매염제, 홍견紅絹, 사탕, 과자, 소면, 당목唐木 등이었습니다. 왕년에 대마도 소宗씨가 무역할 때는 조선과의 관계가 무척 우호적이어서 수출입량은 매년 30만 원에 달했습니다만 메이지유신 이래로는 점점 줄어들더니 요새는 겨우 10만 원 정도가 고작입니다."

이틀이 지난 1월 15일 오전 7시, 모슌함, 하코다테함, 교류함이 출발하고, 9시에는 다카오함이 출발했다. 이어서 지휘선인 본함이 조선을 향하여 출발하였다. 맨 마지막에 출발한 닛신함은 하늘이 진동하게 축포 19발을 방포하여 앞날의 성공을 다짐하고 있었다. 본선 바로 뒤에서 나는 너무나 큰 대포 소리에 김인승, 유병모는 깜짝 놀랐다. 김인승은 전에 블라디보스토크에서 나가사키에 도착했을 때의 예포가 생각나서 우라세 역관에게 물어보았다.

"저 예포라는 것은 꼭 쏘아야 하는가요?"

"꼭 그러라는 법은 없지요. 그러나 예포는 많은 의미를 가지고 있습니다. 일본인 스스로의 입장에서는 사기 진작이고, 상대방에게는 겁을 주는 역할을 하지요. 아마 조선 같은 나라는 간 떨어질 만큼 주눅이 들겁니다. 조선에서 쏠 예포의 예행 연습을 겸하고 있습니다."

어느덧 일본의 군함과 운송선은 줄줄이 부산을 향해 들어가고 있었다. 절영도, 오륙도는 자미산 동북에 위치하여 서로의 거리는 약 3해리쯤 되었다. 자미산 숲을 빠져나오면 바로 부산포에 이른다. 자미산 서북쪽 용당이란 곳에 이르자 한 줄기 봉화가 피어 올랐다. 봉화는 각지의 봉수대를 통하여 조선 정부까지 긴급 상황을 알리는 전통 수단이다.

호쇼함은 최근 대마도에 정박하고 있었는데 오늘은 부산에 와 있었고, 만슈함滿珠艦은 외무성 전용인데 오늘은 역시 부산에 와 있었다. 부산 앞바다에는 졸지에 8척의 일본 함선이 히노마루 국기를 펄럭이며 위협적으로 진을 치고 있었다. 조선 측 선박이 멀리서 정박하여 유심히 보기도 하고 때로는 가까이 왔다가 급히 다시 멀어지기도 하는데, 그 규모는 너무나 작고 조잡하였으며 배는 쇠못 하나도 박히지 않은 나무못으로만 된 약한 배라고 하였다.

부산의 왜관은 일본의 조선 진출에 대한 모든 정보를 제공하고 있었으며 한일 양측 교섭의 제반 교량 역할을 하고 있었다. 왜관은 가길嘉吉 연간우리 세종 연간에만 해도 세 곳이 있었으니 동래군의 부산포와 웅천군의 내이포, 울산군의 염포가 그것이었다. 그러나 임진왜란 이후 부산포만 남겨 두고 나머지는 폐쇄하였으나 그것마저 몇 번 부침을 계속하다가 관문寬文 12년세조 11년에 겨우 왜관을 초량진에 안착시키고 연보延寶 6년숙종 4년, 1678에 신관으로 낙성하여 오늘에 이르고 있는 것이다. 지금의 용두산 동쪽의 산비탈을 깎아 왜관초량 왜관을 세웠는데, 조선 정부에 통고도 하지 않고 일본 외무성이 접수하여 관리하기 시작하였다. 또한 왜관에 둘 수 없었던 대포를 메이지유신 후에 조선 정부의 승인도 없이 반입하고, 그 대포를 시험 발사하여1874. 11.3 부산 천지를 진동케도 하였다.

부산에서 강화도의 팔미도월미도 앞의 작은 섬까지는 약 430 해리가 되는 거리로 닛신日進, 모슌孟春, 하코다테函館, 교류矯龍 네 척은 시간당 평균 50리의 속도를 낼 수 있기 때문에 86 시간이 걸리고, 겐부玄武와 다카오高雄 두 척은 시간당 80리의 속도를 낼 수 있기 때문에 53시간이면 도착할 수 있다. 그 차는 32시간 30분이기 때문에 전자 네 척은 이 달 17일 정오에 출발하고, 후자 두 척은 18일 오후 9시 20분에 강화도를 향하여 출발하기로 했다. 월미도에서 모든 함정이 회합한 후 모슌함만 강화도 북쪽으로 기선을 돌려 수로를 측량하며, 측량의 결과에 의해서 항정을 정하되 그 시기는 다소 완급이 있어도 무방하다고 했다. 닛신, 모슌, 하코다테, 교류 등 네 척은 풍우의 사정에 따라 떠날 때까지 일단 거문도에 피신해 있기로 했다.

이날 대신관장대리大臣館長代理이며 외무성 4등서기관 야마노시로 스케나가山之城祐長는 조선의 별차別差 이준수를 접촉하고, 일본의 양 대신이 함대를 이끌고 경기도 강화도를 향해 항행한다는 사실을 알리고 이 취지를 경성 정부에 통보해 줄 구진서口陳書를 건넸다.

구로다는 일본 정부에 보고할 문서를 작성하고, 1월 16일 조선어 통역관 아사야마 켄조淺山顯藏, 나카무라 쇼지로中村莊次郎, 요시무라 헤이시로吉村平四郎, 아비루 유사쿠阿比留祐作, 타케다 쿠니타로武田邦太郎를 각 함대에 배치하였다. 작성한 구로다의 보고서는 이튿날인 1월 17일 시모노세키로 돌아가는 만슈함 편에 발송하였다.

낮 12시 정각에 닛신, 모슌, 하코다테, 교류, 네 척의 함선은 강화도로 출발하기에 앞서 거포 각각 10여 발씩을 발사하여 예포 겸 해전 예행 연습을 하였다. 우라세가 김인승에게 말한 것처럼 부산의 관민들은 큰 짐승 소리에 놀란 작은 짐승처럼 좁은 곳으로 숨어들고 있었다. 연안 부두에서는 흰옷 입은 조선인들이 몇 명씩 모였다가 급히 도망가는 모습이 멀리서도 육안으로 볼 수 있었다. 구로다는 직접 모리야마森山 권대승, 야스다安田 소판관, 스즈키 다이스케鈴木大亮를 데리고 상륙하여 야전포와 소총을 여기저기에 대고 난사하여 보았다. 어느 병사 하나, 관원 하나도 나와서 항의하는 자 없고 인적 자체가 보이지 않았다.

네 척은 예정대로 17일에 출발하였고 다음 날 예정대로 나머지 두 척 중 다카오함도 출발하였으나, 본선인 겐부함만은 본국으로부터 마지막 지령을 기다리다가 가장 늦게 월미도로 출발하였다.

팔미도에 정박하라

1

1월 25일 오후 3시가 넘은 인천 앞 바다의 온도는 섭씨 1.1도를 가리키고 있었다. 1월의 조선 날씨는 건조하고 싸늘했다. 찬바람이 옷 속까지 파고들어 온몸이 으스스하였다. 날이 추워 모두 아랫목에만 앉아 있는 탓일까. 어찌하여 이렇게 조용할 수가 있단 말인가?

외국 군함이, 부산의 하늘이 쩡쩡 울리게 함포 사격을 하고 외국 군인이 육지에 상륙하여 야전포를 난사하고 소총을 난사해도 힐문하는 조선 관원 하나도 없었다. 이제는 수도가 목전에 있는 팔미도까지 여섯 척의 거함이 유유히 항진하여 들어와도 조선 수군 한 명도 구경할 수가 없었다. 구로다 일행이 부산에서 회의할 때는 팔미도에 도착하여 모순함 1척만 측량에 동원하기로 하였으나 계획을 바꾸기로 하였다. 도대체 너무 조용하여 아무런 사달이 일어날 것 같지가 않았기 때문이다.

모슌함과 교류함 2척을 동원하여 일부러 강화를 역류하여 부府로 가는 수로를 측량하게 하였다. 모슌함은 남쪽으로 돌고, 교류함은 북쪽으로 돌면서 선체를 드러내고 바다를 휘젓고 돌아다녔다. 다음 날인 26일에도 교류함에 오이타 소장과 야스타 소판관, 나가야마 준육군 소좌 및 해군성에서 고용하고 있는 외국인과 부대신까지 합승하여 돌아다녔다.

그 다음 날인 1월 27일은 조선의 설날이었다. 새벽 7시 30분부터 모슌함은 가바야마 스케노리樺山資紀, 마스미츠 쿠니스케益滿邦介 등을 태우고 측량에 나섰으며 10시에는 하코다테함도 남양부의 인천 연해를 측량하고 정박하기 편리할 만한 항만이며 담수의 소재를 찾아다녔다. 이 하코다테함에는 닛신함 함장이며 겐부함의 외국인 함장도 탑승하고 있었다.

이 광경을 보고 있던 유병모는 고개를 갸우뚱하고는 구로다에게 물어본다.

"각하! 질문이 있습니다."

"유공, 무엇이오."

"지금 해도 측량이라고 하며 함선이 인천과 강화를 누비고 다니는 것은 무슨 이유에서입니까."

"먼저 해도 측량을 해야 이곳의 지리를 알 것 아니오?"

"지리를 무엇 때문에 자세히 알아야 할 필요가 있습니까. 지리를 모르면 회담을 못합니까?"

"너무나 자세한 것은 묻지 마세요. 본관에게 유익한 조언만 하세요."

구로다는 더 이상 말을 계속하지 않고 집무실로 들어가 버린다. 유병모는 이번에는 야스다에게 물어보았다.

"회담을 하러 온 사람들이 해도 측량은 해서 무엇에 쓰는 것입니까?"

"좋은 질문이오. 지금 이대로라면 아직 분위기가 무르익지 않았소. 저쪽에서는 아직 관심 표명이 없소. 어떤 일이 일어나야 그것을 빌미로 대화가 시작될 것 아니오. 이제 곧 저쪽에서 무슨 응답이 있을 것이니 두고보구려."

아하, 사달을 일으키고 있는 것이었다. 그러나 이번은 너무 크게 사달을 일으켜서는 안 된다. 저번 강화도 사단의 책임 추궁이 목적이기 때문에 담판장까지 조선 정부 대표를 무사히 끌어낼 정도면 충분하다.

아니나 다를까, 10시 30분에 한국의 배 2척이 팔미도를 향하여 노를 저어 왔다. 닛신함이 앞으로 나아가자 한 통의 서신을 전한다. 사관이 수령하여 개봉하여 본즉 남양부사 강윤이 보낸 '뇌봉물목'이란 서찰인데 거기에 품목이 적혀 있었다.

'백미 5섬, 소 1필, 돼지 5마리, 닭 20마리, 장 1단지, 술 3항아리.'

일본군 위문품 품목이었다. 일본의 입장에서는 어처구니가 없는 노릇이었다. 유병모부터가 은근히 자존심이 상한지 김인승에게 한 마디 하였다.

"도대체 외국 군대가 자국에 들어오면 공격을 하든지 힐책을 하든지 해야지 먼저 '뇌봉'을 보내다니 말이 안 되지 않습니까?"

"내 생각으로는 조선 정부에서 아주 현명한 대처를 하고 있는 것 같습니다. 어떻게 하든지 오늘의 이 천재일우의 기회를 놓쳐서는 절대 안 됩니다."

"오늘의 기회는 저도 좋은 기회라고 생각합니다만, 그건 그렇고 한 국가의 체면이 괜찮은지 모르겠습니다."

닛신함에서는 즉시 사관을 시켜서 뇌봉을 물목대로 받아오게 하고 이를 구로다에게 보고하였다. 구로다는 미야모토 대승과 고마키小牧 간사를 시켜 접대하라 하고 통변 우라세와 함께 가되 김인승과 유병모도 동행하도록 하였다. 그들은 함께 나아가 남양부사 강윤과 김연오라는 시종관을 승선시켰다. 강 부사는 무엇보다도 이들 세 사람의 신분이 궁금하여 그것부터 물었다.

"당신들은 조선인입니까?"

"아닙니다. 저희들은 조선어 통변입니다. 제 이름은 우라세라고 합니다."

"저는 조선어 통변 스기모토김인승라고 합니다."

"조선어 통변 시마다유병모입니다."

"일본인이 이처럼 조선어를 잘한 것이 예사롭지 않습니다. 조선인과 어조가 똑같지 않습니까?"

"저희들은 모두 대마도 사라무사람입니다. 대마도는 일본보다도 조선과 더 가깝게 지낸 역사가 많습니다. 저희들처럼 조선어를 구사하는 사람이 대마도에는 많이 있습니다."

얼마 전 겐부함에 승선을 하자마자 김인승과 유병모가 구로다 대신에게 일본식 작명을 부탁했었다. 구로다는 이들이 황국에 대한 충성도가 깊음을 알고 흔쾌히 두 사람의 일본 이름을 하사하였다. 김인승은 가운데 '인'자를 살려 스기모토 니노부杉本仁信, 유병모는 가운데 '병'자를 살려 시마다 헤이유島田炳佑라 지어 줬다.

그들이 이야기하는 사이에 벌써 구로다가 기다리고 있는

선실 앞에 이르렀기 때문에 이야기를 중단하고 선실로 들어가게 되었다. 강 부사가 구로다를 보고 먼저 말하였다.

"하루라도 빨리 접대하고자 하였으나 풍랑이 심하여 뜻하지 않게 지연된 점 용서하시기 바랍니다. 그런데 먼저, 당신들은 어느 나라에서 온 사람들이며, 어디로 가는 배이며, 각 함선에 얼마의 인원이 타고 있습니까? 이는 직책상 반드시 알아서 보고해야 할 책임이 있어서 묻는 것이니 성실히 답해 주시기 바랍니다."

"대일본국에서 귀국에 차견差遣된 구로다, 이노우에 양 대신의 함선입니다. 승선 인원은 매 함선에 대략 5백에서 6백 명 됩니다."

구로다의 자세는 처음부터 기선을 제압해야 한다는 기색이 역력했다. 8백여 명의 병력을 갑자기 3천여 명의 대병력으로 불린 것이라든지, 여섯 척의 함선 중에서 가장 위용이 당당한 군함 닛신함에서 만나는 것이라든지, 텐노의 어복御服에 버금가는 위엄을 부린 육군 장군복을 차려입고, 자리 배치에 차등을 둔 점 등을 보아도 알 수 있었다. 강 부사가 묻는다.

"정박한 선박 중에서 세 척은 벌써 출항하였다고 들었소. 어디로 갔으며 귀국의 대신들이 여기에 온 목적이 무엇입니까?"

“두 척은 강화도 근방으로 해도 측량차 떠났고 한 척은 담수를 구하러 연안 쪽으로 갔습니다. 황국에서 대신을 조선국에 파견하게 된 건에 대해서는 전에 우리 관원이 부산에서 동래부사를 통하여 귀국 조정에 보고하였기 때문에 벌써 그 취지를 알고 있을 것입니다. 지금 여기에 정박하고 있는 상황도 속히 경성에 보고해 주시기 바랍니다. 여러 가지 선물을 보내 주신 것은 대단히 감사한 일이나 다행히 우리 선박은 부족한 것이 없으니 이런 물건을 받을 수 없습니다. 도로 가져가 주시기 바랍니다. 듣건대 귀국에는 작금이 새해 설날이라고 하니 국왕 전하 및 대원군을 위시하여 육조백관 모두 무사히 한 해를 보내시기 바라며 국내가 두루 무사태평하시기 기원합니다.”

“그래야지요.”

“삼가 경하 드리며 조선국의 평안과 마찬가지로 우리 텐노 폐하께서도 평안히 한 해를 보내시기 기원합니다.”

“그래야지요. 경하드립니다.”

“금반 파견되어 온 본 대신은 우리나라에서 중책을 맡고 있는 사람입니다. 고래로 이처럼 중대한 사절을 외국에 파견하는 일은 선례를 찾아보기 어렵습니다. 본관은 육군중장으로 휘하에 많은 군대를 거느리고 있고 특히 내각의 중임을 겸하고 있을 뿐만 아니라, 우리나라 북부의 귀국 영토 절반에 해당하는 땅을 관할하고 있는 개척사라는 직책을 가지고 있는 사람입니다."

이 말을 들은 강 부사가 갑자기 공손한 태도를 취하며 말한다.

"귀국의 대신이 강화까지 왕림하셨으니 우리 쪽에서도 대신급이 영접하여야 마땅합니다. 소관은 금일 내로 윗분께 알리고 경성에 품보稟報하여 불일간 경사京師에서 공식적인 문정관問情官을 파견하도록 하겠습니다."

"정부의 문정관이 나와서 영접해 준다면 더 없는 영광입니다. 다른 선박은 여실餘室이 없으니 꼭 이 함선으로 왕림해 주시면 감사하겠습니다. 참, 죄송합니다만 강화 유수留守의 성함이 무엇입니까?"

"조병식이라고 합니다."

"우리 측 대신을 영접하기 위해서 귀국의 어떤 대신이 나오십니까?"

"그것은 저도 모릅니다."

"양국 대신이 친히 대면하려면 먼저 우리 측으로부터 5~6인 수행원의 관등성명을 귀국 관변에 조회시킨 연후에 그들이 상세한 상의 건을 교섭하도록 하겠습니다."

구로다는 이렇게 말하고 미야모토, 모리야마, 야스다, 고마키, 스즈키의 관등성명을 자세히 적어 건네주었다. 강 부사는 그것을 받은 연후에 자기들이 가지고 온 선물만은 제발 받아달라고 간청하므로 구로다는 못 이기는 척하며 그러라고 하였다. 강 부사는 떠나기 전에 군함을 관람하여도 좋은가 청하였다. 구로다는 흔쾌히 응하면서 안내는 우라세가 맡도록 하였다. 닛신함의 선원이며 대포, 탄환에, 기관실의 작동하는 모습까지 일일이 들여다보고 만져 보며 감탄해 마지않았다. 오후 2시에 작별을 고하고 돌아갔다.

오후 7시 40분에 멀리 연안에서 모닥불인지 봉화인지가 피어 오르는데 가늠해 보니 월미도의 정동에 몇 개가 보이고, 북방 20도 방향에서도 안개 속에 희미하게 불꽃이 피어오르고 있는 것이 보였다. 한양에 급보를 알리고 있는 것이 틀림없었다.

2

그로부터 이틀이 지나고 사흘째 되는 날인 1월 30일, 오전 9시 15분에 조선 선박 두 척이 가까이 오고 있었다. 큰 배는 쌀 1백 석쯤 실을 정도의 크기이고 작은 배는 쌀 20석쯤 실을 크기였다. 구로다는 우라세더러 손님을 맞이하라 하였다. 김인승과 유병모가 그 뒤를 따랐다.

닛신함에 그들을 안내하고 성함을 묻자 사역원司譯院 당상관 오경석吳慶錫과 훈도訓導 현석운玄昔運이라고 하였다. 일본 측은 미야모토宮本 대승과 모리야마森山 권대승을 시켜 영접하라 하고 우라세와 스에마쓰 켄조末松謙澄가 배석하였다. 김인승, 유병모는 멀찌감치 앉아서 구경하였다.

오경석은 북학파의 박제가, 추사 김정희, 박규수, 이상적을 잇는 한국의 초기 개화파로 박규수와 함께 그의 제자 유대치를 합쳐 우리나라 3대 개화파라 칭하는 그 자헌대부 오경석이다. 그는 역관으로 청국을 드나들면서 1840년부터 시작되는 아편전쟁과 1850년에 태평천국 때문에 청나라가 망해 가는 모습을 현장에서 목격하고 우리는 자주적으로 개화를 하여야 한다고 주창하기도 했다.

현석운은 작년 운요호사건 때 부산 훈도로 있으며 공교롭게도 지금 마주치는 왜관 이사관 모리야마 시게루森山茂와 교섭을 하던 사람이다. 그가 왜관을 찾아가 군함을 침투시킨 이유를 묻자 모리야마는 발뺌을 하였으며 운요호 함장 이노우에 요시카는 오히려 현석운을 승선시켜 함포 사격 훈련을 구경시키는 등 위협적인 행동을 과시한 적이 있다.

그들은 남양부사 강윤이 물어보았던 것과 대동소이한 신원파악과 내항 목적 등을 정식으로 재확인하고 돌아갔다.

2월 1일 새벽 4시, 우라세와 김인승, 유병모, 그리고 사관 두 명은 함께 인천에 상륙하여 조선 측에 급수 제공을 요구하였다. 방어사 겸 인천부사 윤협은 이 소식을 듣고 꼭두새벽에 해안까지 나와서 우라세 일행을 맞이하였다. 우라세는 양복을 입고, 두 사관은 군복에 칼을 차고, 김인승과 유병모는 사무라이 복장의 기모노를 입고 하이칼라를 하고 허리에 긴 칼을 찼다. 전에 한복에 두루마기를 입고 상투를 틀었던 김인승, 유병모와는 전혀 다른 모습이었다.

"당신들이 칼을 차고 있는 것을 보면 사관이 틀림없는데 사관들이 어찌 이런 급수의 천역을 담당하십니까. 무슨 이유라도 있습니까?"

"우리 대신께서는 만약 수부들만 내보내서 귀국의 농작물을 상하게 한다든지 부녀자를 희롱하는 등의 불미스러운 일이 벌어지면 안 된다고 저희들을 내보냈습니다."

쌀쌀한 새벽 공기 속에서 김인승은 자기에게 7년 전 원한의 두만강을 넘지 않으면 안 되게 만들었던 그 장본인과 맞닥뜨리고 있는 것이다. 그때 그의 손에 붙잡혔더라면 황천길로 갔을 것이다. 그 경흥부사 윤협이 인천부사로 있다니! 그 때문에 온 집안은 풍비박산이 났고, 억울한 원민이 네 명이나 장살되고, 장독에 수십 명이 불구가 되었다. 경흥부민은 사면팔방으로 흩어지지 않으면 안 되었다. 정부 구호미를 팔아먹었던 그 탐관오리를 어찌하지도 못하고, 어느 것 하나 해결되는 일 없이 오직 울분을 삼켜야만 했던 기사년 흉년과 농민 봉기를 생각하면 부르르 몸이 떨렸다.

김인승은 윤협을 보는 순간 부지불식간에 깊이 잠들어 있는 자신의 독기를 주물럭거리고 있었다. 윤협은 김인승의 이러한 마음의 심연을 아는지 모르는지 말을 계속하였다.

"신중하신 대신의 배려에 감복하였습니다. 제가 연안에 조촐한 주연상을 차려 놓으라 시켰습니다만 괜찮으시다면 조찬을 드시며 같이 담소라도 나누면 어떻습니까?"

"성의는 감사합니다만 저희들은 담수만 구해서 빨리 돌아가야 합니다. 앉아서 담소를 나눌 시간이 없습니다.

"경개여고傾蓋如故라고, 잠시 만났지만 오래된 지기를 만난 것 같아 변변치 않은 소찬으로 환영의 뜻을 표하려 했더니 사양을 하시는군요. 그러나 너무 무리하게 청하는 것도 예의가 아닌 듯하니 만약 정박 중에 양식이 부족하면 지체 말고 저에게 알려 주시기 바랍니다. 저는 벌써 내 관할에 훈령을 발하여 귀국의 수요에 협조하라 명하였습니다. 또한 귀국인을 보면 예를 갖추라고도 명하였습니다. 바라건대 귀 대신께서도 심려 놓으시라고 이르십시오. 저도 전에는 육군 대장의 직분을 가지고 있었으며 개항 통상의 뜻도 있었으나 시론과 맞지 않아 배척당하고 묘당에 서지 못하였습니다. 작금은 수군 제독으로서 수하에 2천 5백 명의 병사가 있었으나 현재는 경사京師에 귀속되고 있지요. 지금 나의 품위는 종2품입니다."

여기서 윤협이 육군 대장의 직분을 가지고 있었다고 하는 것은 전에 내금위장을 하다가 신병으로 말미암아 개차改差된 적이 있는 것을 말하고 있는 것이다. 그가 개항 통상에 뜻이 있었다함은 10여 년 전1865, 철종 6년에 미국 상선 투 브라더스Two Brothers호가 동해안 통천 앞바다에 표착하여 선원 네명이 서울로 이송되었는데도 역관들이 영어가 통하지 않자 당시 청어로 된 서양의 문헌을 많이 가지고 있던 윤협과 이종원을 내보내 필담하게 한 적이 있었다. 윤협은 선원들에게 「근세해도환기近世海圖寰紀」 등 서양 풍속도를 보여 주자 선원들은 매우 기뻐하며 마음을 열었던 일이 있다. 윤협은 그들의 행적을 남기기 위하여 서생을 불러 이들의 인상 파기를 그리게 하고 알파벳과 단어 몇 마디를 한글로 표기하여 남긴 적이 있다.

그러나 그는 서양에 관심이 있었을 뿐 대원군으로부터 추천받은 사람답게 내심은 철저한 척외주의자였다. 경흥부사 재임기에 러시아인들이 통상을 요구하자 이를 거부하였다고 보고하자, 오히려 변방 방비를 소홀히하였다는 이유로 감봉 처분을 받은 일이 있다. 그 뒤로도 러시아에서 몇 차례 통상을 요구하였으나 모두 거절하였으며 종국에는 교졸을 풀어 러시아인들을 쫓아 버린 일까지 있다. 그가 수군 제독이었다 함은 윤협이 경흥부사를 그만두고 1870년부터 평산부사로 있을 때, 황해도 수군절도사를 겸하고 있었다는 말이다.

자기 과시적인 언사가 여기저기 배인 말투였다. 그런데 윤협은 이야기하면서도 아까부터 눈꼬리를 가늘게 끌어모으며 한 사람을 주시하고 있었다. 물론 김인승이었다. 핀을 뽑은 폭발물을 손에 쥔 사람처럼 살기어린 눈으로 자기를 흘끗흘끗 보곤 하던 그를 보며 '저자를 어디서 많이 보던 얼굴인데' 하며 윤협이 시선을 고정시킨다 싶으면 김인승은 금방 시선을 거둬가 버리곤 했다.

설마 내가 일본인을 알 리는 없는데, 왜 이렇게 낯이 익을까. 뭔가 착각인가. 윤협이 이런 생각을 하며 김인승에게 말을 건넸다.

"실례입니다만 제가 어디서 많이 보던 얼굴 같습니다."

"그럴 리가 있겠습니까? 원래 일본과 조선은 동조국同祖國입니다. 그래서 닮은 사람들이 자연히 많을 수밖에요. 저는 일본 사라무로서 조선어 통변이무니다."

김인승은 일부러 일본인 발음을 섞어서 말해 윤협이 상상할 수 있는 싹을 잘라 버렸다. 하지만 윤협은 곧 7년 전 경흥부의 농민 폭동을 떠올렸다. 저자와 닮은 호방을 맡은 김 아무개라는 서리 한 명 때문에 자기의 비리가 폭로되고 농민 폭동이 불에 기름을 부은 듯 번져 가던 장면이 머릿속을 스쳤다. 또한 이 거리 저 마을에서 아사자가 발견되었다는 보고며 두만강을 건너 월경 탈주한 자가 기백 명이라는 보고가 끊이지 않던 과거를 생각하며 온몸이 으스스 소름이 끼쳐 옴을 느꼈다.

인천부사 윤협으로부터 급수를 인수한 것은, 그 다음 날 새벽 4시 30분이다. 그리고 윤협으로부터 점심 초대를 받고 모리야마 권대승과 우라세, 김인승스기모토, 유병모시마다가 인천부 관아를 방문한 것은 낮 12시 30분이다. 그날은 누구도 칼을 소지하지 않고 갔다. 인천부의 관아는 그 위용이 대단하였다. 부내副內의 관아는 정문부터 솟을삼문이 위엄 있게 솟아 있었다. 객사 30칸, 동헌 10칸, 내동헌內東軒 33칸, 사령청使令廳 9칸, 군관청軍官廳 7칸, 옥사獄舍 4칸 등 15~16동의 건물로 구성되어 있었다.

객사는 간판이 '소성관邵城館'이라 되어 있고 직접 임금을 찾아뵙지 못했을 때 망궐례를 드리고 매월 초하루와 보름에 궐을 향해 삭망례를 드렸다. 동헌은 객사의 동쪽이라고 해서 이름 붙여진 것인데 부사의 집무실이며 6방 관속의 집무처가 있는 곳이다. 동헌 안의 좌우는 온돌로 되어 있는데 그곳은 응접 공간이었다. 보료가 놓여 있고, 병풍이 처져 있으며 문갑 등 기본 가구들이 놓여 있었다.

점심은 비교적 간단한 음식이었다. 처음에 전복죽이 나오더니 꿩고기 국물로 만 국수와 만두, 그리고 너비아니가 적당한 크기로 나오고, 기타 과자류와 과일이 나왔다. 국수와 만두는 모두 메밀이 원료였고 마지막으로 오미자 화채가 나왔다. 점심이 끝나자 관아 구경부터 하고는 인천부내 관광을 나섰다. 인천부에서 이방과 시종 하나가 안내는 맡고 있지만 낯선 차림의 일본인을 처음 보는 백성들은 때로는 따라오며 쳐다보기도 하고 때로는 도망도 치고, 때로는 멀리서 수군거리기도 하였다. 이방은 임부일이라고 하는 자인데 무척 교활하고 닳을 대로 닳은 한 인간상을 보는 것 같았다.

인천부는 부내副內. 현 官校洞, 조동鳥洞, 신현新峴, 전반田反, 황등천黃等川, 남촌南村, 원우미遠又彌, 다소多所, 두안痘岸, 이포梨浦 등 10개 면으로 나누어져 있었다. 모리야마 일행은 할 수 있는 한 여러 곳을 보기를 원했다. 어디쯤인가 문득 초가집 7~8채가 마을을 이루고 있는 나루터에 이르자 김인승이 물어보았다.

"여기가 어디이무니까?"

"여기는 제물진濟物津이라고 합니다."

"여기 큰 배들이 들어옵니까?"

"그저 한가한 어촌이라 큰 배들은 들어오지 않습니다."

김인승은 말을 끊고 일본어로 모리야마에게 말하였다.

"세와키 백부로부터 들었습니다. 담판이 성공적으로 이루어지면 서울에서 가까운 곳에 항구를 하나 개항해야 한다구요. 만약 서울 근교 개항지라면 이곳 제물진이 좋을 듯합니다."

"내가 보기에도 양항의 조건을 다 갖춘 듯합니다. 충분히 큰 항구로 개축할 수 있겠구려. 구로다 대신께 건의하겠습니다."

부府의 구경을 마쳐 갈 무렵 관아에서 나온 하인이 부사의 당부라면서 저녁을 준비해 놓았으니 들고 가라는 전갈을 전했다. 이들은 하나라도 더 조선을 알아야 하기 때문에 못 이기는 척 동의하였다. 그것은 부사 윤협 쪽에서도 마찬가지였다. 일본에 대해서 하나라도 더 알아야 하기 때문에 접촉을 할 수 있는 한 많이 하는 것이 그의 임무가 되었다.

쩍 벌어진 잔칫상을 관기들이 나르고 그 중 몇 명이 앉아서 시중을 들었다. 관기들은 소매를 걷어 팔목을 드러내고 애교 띤 얼굴로 술잔을 권했다. 관아의 육방과 향청에서 나온 고을 양반의 대표자인 좌수가 나오고 별감도 두 명이나 참석하고 창감, 고감도 말석을 차지하고 있었다.

"풍악을 울려라!"

부사의 한 마디에 준비한 여러 명의 아리따운 아가씨들이 일시에 쏟아져 나와 음악에 맞추어 하느적거리며 춤을 춘다. 태평소, 소고, 나팔의 연주에 맞춘 몸동작과 춤사위는 가히 조선의 멋스러움이 배여 있었다. 원래 정월 대보름이나 단오 등 명절 때마다 마을의 행운과 풍요를 빌었던 풍악은 싸움에서 승리하거나 경사스러운 일이 생겼을 때 기쁨을 더해 주기 위한 격려와 위로의 음악이다. 그런데 오늘 참석한 왜인을 위한 풍악은 좀 어울리지 않은 듯하였다. 이들이 조선에 즐거움을 주러 오지는 않았을 터였기 때문이다.

김인승이 윤협에게 물었다.

"대원위 대감은 곧은골直谷에서 운현궁에 환차하셨다고 들었습니다. 기체 평강하시무니까?"

"공은 이름이 스기모토라고 했지요? 어떻게 곧은골까지 아신단 말씀이요."

"그런 정도는 알아야 조선과 협상을 할 수 있지요. 부사께서는 대원위 대감이 추천하신 분으로 알고 있습니다만 제 말이 틀리무니까?"

"놀랍군요. 대원위 대감이 양주의 곧은골에 가 계셨다는 것은 조선 사람도 잘 모르는데 일본인이 그런 것까지 아시다니. 그리고 썩 기분 좋은 건 아닙니다만 제 신변에 관한 것까지 알고 계시다니요."

윤협은 속으로 혀를 내둘렀다. 고종의 친정으로 대원군의 전용문이 사전 양해없이 폐쇄1873. 11된 뒤 대원군은 하야하여 양주의 곧은골에 은거했고, 겨우 작년 6월에 운현궁으로 환차했는데, 지금 일본인이 이를 알고 있을 뿐더러 자기와 대원군과의 관계도 꿰고 있지 않은가? 넌지시 김인승의 옆 얼굴을 다시 한 번 흘겨 보았다. 이번에는 윤협이 짐짓 김인승에게 한 번 던져 보았다.

"스기모토 공이 생각하기에는 우리나라가 어떻게 하여야

좋다고 생각하십니까."

"근본적인 개혁을 해야 합니다. 조선이 하늘처럼 믿던 청국도 개혁을 하고 있습니다. 쇄국은 맞지 않습니다. 그리고 백성을 하늘처럼 믿어야 합니다. 백성의 힘은 무궁무진합니다. 그러나 안타깝게도 지금은 시간이 없습니다. 개혁을 하고 자체의 힘을 기르기 전에 열강의 어느 한 나라가 조선을 능욕해 버리고 말 것입니다. 지금으로서는 일선日鮮 양국이 하루 속히 손을 잡고 개혁과 동시에 외세를 막는 것이 최선책이무니다."

"조선이 일본을 믿어도 괜찮습니까?"

"일본을 믿지 못하면 누구를 믿습니까. 청국을 믿겠다는 말씀입니까. 청국은 벌써 서구의 농간의 대상이 되고 있습니다. 영불 연합군이 베이징을 점령한 지가 벌써 15년 전 이야기입니다. 청국과 일본 사이에 벌어진 대만의 모란사사건牡丹社事件도 듣지 못하셨습니까. 청국은 지금 황국이 하자는 대로 하는 도리 밖에 없습니다. 그렇다고 서구 열강의 어느 나라를 믿겠습니까. 황국과 조선은 동문동맹의 나라입니다. 지난 에도江戶 정부 3백 년간 국경을 접하고 있는 이웃나라가 단 한 번의 충돌도 없이 이렇게 사이좋게 지낸 나라가 일선 양국 이외 세계 어디에서 그 예를 찾아볼 수 있겠스무니까."

"내가 볼 때 당신은 단순한 하나의 통변이 아닙니다. 저와 많은 대화를 했으면 합니다."

"그렇습니다. 스기모토 상은 황국의 데라지마 외무경께서도 아주 신뢰하는 사람입니다. 그의 뜻이 황국을 대변한다고 보아도 무방합니다."

옆에서 모리야마 권대승權大丞이 한 마디 거든다. 외무성 대표가 저렇게 말한 바에야 더 말해서 무엇하랴. 윤협은 조선어가 술술 통하는 김인승이야말로 가장 좋은 토론의 상대이며 보고 거리라고 생각하였다.

김인승의 말은 폭포수를 쏟아 내듯 거침이 없었다. 얼마나 하고 싶었던 말이던가. 윤협은 급히 김인승과 모리야마에게 건의하였다. 오늘 저녁뿐만 아니라 내일 아침 식사까지 같이 하자 하였다. 모리야마는 직책상 너무 오래 자리를 비울 수 없다고 사양하고 세 사람의 통변은 다음 날에도 토론을 계속하도록 하였다.

항산도의 일본 군함

1

우라세 일행이 인천부사의 아침 식사 초대를 받고 있는 사이, 오전 10시 제함諸艦은 팔미도에서 닻을 올리고 강화도를 향하여 일제히 출발하였다. 맨 앞과 맨 뒤는 전함이 서고 가운데는 운송선이 섰다. 모슌함, 다카오함, 교류함, 겐부함, 닛신함의 순서였다. 하코다테함은 팔미도에 그대로 정박하여 있으며 강화도로 간 함선과 한 척씩 교대하며 팔미도에 남기로 한 것이다.

강화도의 초지진 앞 항산도에 도착하려는 즈음에 조선 선박 두 척이 문정問情차 일본 함선을 향해 가까이 오고 있었다. 일본 함선은 무시하고 쾌속으로 달렸고, 조선 선박은 뚝 떨어져서 오다가 일본 함선이 완전히 닻을 내린 오후 4시에야 겨우 따라 잡았다. 역시 닛신함에 그들을 오르게 하고 모리야마 권대승, 스즈키 다이스케鈴木大亮 개척사 7등출사를 파견하여 접대하라 하고, 스에마쓰 켄조末松謙澄가 서기를 맡고 아라카와 토쿠지荒川德滋더러 임시 통변을 맡게 했다. 오늘 조선 측 문정관은 오경석과 현석운, 그리고 5품관 고영주였고, 문정 내용은 선박 이동 사유며 선명 등의 확인이었다.

아침만 초대받기로 한 세 명의 통변은 점심, 저녁까지 먹으며 윤협과 격론이 계속되고 있었다. 닛신함의 부속 보트를 인천으로 내보낸 것이 오후 2시 20분인데 그들을 싣고 돌아온 것은 밤 10시였다.

"중국이 그렇게 힘없는 나라란 말씀입니까?"

"거짓이 아닙니다. 중국은 오소리강 동쪽의 드넓은 연해주 땅을 러시아에 다 뺏기고도 자기 정권 유지에만 급급하고 있스무니다. 연해주는 조선 전체보다도 더 넓은 땅입니다. 원래 연해주는 조선 땅이었다고 들었스무니다. 조선은 중국에게 빼앗기고 중국은 러시아에게 빼앗기고 말았습니다. 지금은 힘센 자는 뺏고, 힘없는 자는 빼앗기는 세상이무니다. 그러나 보십시오. 황국이 언제 중국처럼 조선의 영토를 빼앗아 간 적이 있습니까?"

"그럼 조선은 지금 어떻게 했으면 좋겠습니까?"

"조선은 어느 나라와 동맹을 맺는 길밖에 도리가 없스무니다. 조선은 불란서, 미국과 이미 척을 졌다고 들었습니다. 중국은 벌써 힘없는 나라입니다. 그렇다고 러시아와 동맹을 하시렵니까. 러시아는 영토적 야욕이 있는 나라이무니다. 그들은 항상 부동항을 찾고 있스무니다. 연해주를 차지했지만 그곳은 아직 부동항이 아닙니다. 가장 남쪽인 포시엣, 블라디보스토크 항구도 겨울에는 모두 꽁꽁 얼어붙습니다. 연해주와 국경을 접하고 있는 조선을 차지하는 것이야말로 그들이 노리고 있는 최적의 부동항을 구하는 길이무니다."

"그럼 어느 나라와 동맹을 했으면 좋겠습니까?"

"곰곰이 생각해 보십시오. 과연 지구상의 어느 나라가 조선을 도울 수 있는지. 아마 없을 것이무니다. 왜 가까이 놔두고 멀리서 찾습니까? 황국이야말로 유일하게 조선을 도울 수 있는 나라이무니다."

윤협은 김인승의 얼굴을 다시 한 번 쳐다보았다. 이 자는 어떻게 이처럼 국제 정세를 손바닥 들여다보듯이 다 알고 있는가, 우리나라에도 이런 쾌남아가 하나 있었으면 얼마나 좋으리. 우라세와 유병모도 김인승의 말에 동조하는 듯 고개를 끄덕이고 있었다. 윤협은 우라세의 얼굴을 바라보았다. 우라세가 한 마디 한다.

"저는 부산에서도 인천에서도 봉화를 보았습니다만 봉화로 무슨 내용을 얼마나 정확히 알릴 수 있겠습니까? 봉화가 한양에 닫는 동안에 당지에서는 일이 다 끝나 버립니다. 지금 일본은 모두가 전신기를 사용합니다. 일본의 협조를 얻어 하루 빨리 우정郵政 현대화를 하지 않으면 안 됩니다."

유병모도 한 마디 거든다.

"군대 현대화는 더 급하무니다. 국가가 힘이 없으면 아무것도 할 수 없습니다. 일본은 서구로부터 군대 현대화를 하여 지금 벌써 서구 열강과 어깨를 나란히 하고 있스무니다. 조선이 일본의 수준까지 가려면 너무나 시일이 많이 걸립니다. 일본과 손을 잡고 급히 개혁을 해야 하무니다. 다행히 일본과 조선은 문자가 같아서 빨리 전수받을 수 있습니다. 조선은 서양어를 통하는 사람이 없지만 일본은 난어蘭語, 화란어, 미어영어, 노어러시아어 등을 할 줄 아는 사람이 수천 명 있으무니다."

다음 날, 구로다는 아침 일찍 모리야마 권대승, 야스다 소판관, 사토 히데아키佐藤秀顯. 개척사 8등출사, 마츠오카 죠松岡讓. 동 개척사 8등출사, 우라세, 김인승, 유병모와 육해군 사관 수명을 동행시켜 강화도에 상륙시켜 보았다. 이들이 상륙하여 이곳저곳을 두루 다니고 일반인을 찾아서 이야기를 걸고 주막집에 들러 국밥을 사 먹어도 누구 하나 시비하는 자가 없었다. 구로다는 별 일이 일어나지 않음을 확인하고, 교류함을 팔미도에 보내서 하코다테함과 교대하게 하였다.

그 다음 날인 2월 6일은 모리야마 시게루森山茂, 야스다 사다노리安田定則를 강화부에 보내 일본의 대신이 상륙한다는 것을 알리고, 숙소의 준비를 알아보고 있는 중에 조선 측 접견대관 중추부사 신헌申櫶, 부관 도총부부총관 윤자승尹滋承, 강화유수 조병식趙秉式이 직접 나타나 숙박지 등의 알선을 주선하여 주었다.

신헌은 노론 집안에서 태어났으나 어려서부터 남인의 정약용에게서 사숙하고 추사 김정희 문하에서 실사구시 학문을 익혔다. 그는 초의선사, 강위, 정학연정약용의 장남, 박규수 등과 사귀면서 무신임에도 불구하고 폭넓은 지식을 겸비하고 있었다. 순조 27년1827에 조부의 음직으로 별군직에 임용된 것을 시작으로 헌종과 고종 조에 이르기까지 무반의 주요 관직을 두루 역임하였다. 안동 김씨 일파에게 배척을 당하여 전라도 녹도에 유배된 적도 있다. 고종이 즉위하자 대원군의 신임을 얻어 형조·공조·병조의 판서를 역임하고, 병인양요1866 때에는 총융사가 되어 강화도를 수비하였다. 그는 서예와 문장에 능하여 당대 유장儒將으로 이름을 날렸다. 고종 4년1867에 청나라 웨이웬魏源의 『해국도지海國圖志』에 수록된 도설圖說에 따라 마반차磨盤車와 수뢰포水雷砲를 독자적으로 제작했으며, 2년 전1874에 진무사 겸 강화유수에 제수되었을 때 강화도 연해에 50여 개의 포대를 창설하였다. 이런 경력 때문에 이번 강화도 담판의 접견대관에 임명되게 된다.

윤자승 역시 음보蔭補로 등용돼 1857년철종 8년 서산 군수로 선정을 베풀어 가자加資되고, 1859년 증광문과의 갑과로 급제하였다. 이조참의, 사간원 대사간과 승지를 지낸 뒤, 1865년고종 2년에 전라도 암행어사가 되었고 잠시 의주부윤을 역임하였다. 1868년고종 5에 상경하여 병조참판, 사간원대사간, 예조참판을 맡았고, 2년 전1874에 진하 겸 사은사의 부사로 청나라에 사행하여 국제적 안목을 넓혔다. 호조참판, 한성부판윤, 성균관대사성을 역임하면서 도총부 부총관을 겸하고 있다가 이번에 신헌의 부관으로 회담에 임하게 된 것이다.

조병식은 본관이 양주이고, 1858년에 정시 문과에 병과로 급제하여, 예문관 검열, 홍문관정자, 전라우도 암행어사, 이조참의 등을 역임하였다. 1872년에 좌승지에 임명되고, 2년 전1874부터 강화유수를 하고 있었다.

2월 10일 오후 1시에 구로다, 이노우에 양 대신이 수행원을 이끌고 두 척의 소기선과 수척의 보조선에 탑승한 해병 30명의 호위를 받으며 강화부로 출발하였다. 양 대신의 출발과 동시에 닛신함으로부터 하늘을 진동하는 축포가 강화 하늘을 쩡쩡 울려 대고 있었다. 부두에는 흰 한복 입은 조선인들이 구름처럼 몰려나와 20리나 길게 늘어서서 이를 구경하고 있었다. 양 대신이 남문에 도착하자 미리 도착한 일본 해병들이 환영하였고 해병 군악대가 '받들어총!'을 하고 거창한 군악이 연주되었다. 오후 3시 40분에 강화부 부수영副帥營, 즉 중영中營의 숙소에 들어갔다. 접견대관 신헌과 부관 윤자승이 직접 숙소까지 와서 영접하였다. 우라세 유타카浦瀨裕가 통역하고 미야모토 코이치宮本小一, 모리야마 시게루森山茂가 배석하였다. 숙소로 쓰는 중영에는 조선 측의 허락도 받지 않고 미리 '함대영艦隊營'이란 간판을 내걸고, 외삼문에는 '대일본 전권변리대신 공관大日本全權辨理大臣公館'이란 간판을 버젓이 내걸었다. 조선 측에서는 거기에 대해서는 아무도 항의하는 자가 없었고, 신헌이 구로다에게 먼저 인사 겸 대포에 대해서 의문 사항을 질문하였다.

"내 먼저 대신께 하나 묻겠습니다. 화친을 하자는 회담에서 왜 대포를 쏘아서 사람들을 놀라게 하십니까?"

"귀국 대표들이 오는데 대한 환영의 예포입니다. 소리만 나지 탄환은 없습니다. 다른 서구 제국들도 환영의 뜻으로 예포를 쏘는 것이 관례입니다."

"그렇습니까. 우리는 그런 줄도 모르고……."

"오늘 이렇게 친히 예방해 주시니 감사합니다."

"만리창파를 무사히 항행하신 것을 경하해 마지않습니다."

"귀국의 국왕 전하께서는 안녕하십니까. 그리고 제관들도 무고합니까?

"모두 다 무고합니다."

"전일 숙소 문제 등으로 심려를 끼쳐 드렸습니다."

"우리나라와 귀국은 오랫동안 교의交誼를 가져온 나라로서 그런 정도가 문제이겠습니까?"

"오늘은 상견례를 하기 위하여 내방하였습니다. 그럼 이만 귀관歸館하시기 바랍니다."

"본 대신들도 별도로 찾아뵙고 답례를 드리겠습니다."

일단 여기까지 이야기하고 조선 측 양 대신은 돌아갔다가 다시 오기로 하였다. 조선 측 대표가 돌아갈 때도 역시 일본 해병들의 집총과 군악의 연주가 우렁차게 울려 퍼졌다. 무엇을 알고 있는지 어느 숲에선가 겨울 뻐꾸기가 그치지 않고 계속 슬피 울어 대고 있었다.

저녁이 되어 조선 측 양 대신은 관복에 쌍영사익당관雙纓四翼唐冠을 갖추고 답례차 예방하였다. 다시 신헌과 구로다의 간단한 대화가 시작되었다.

"방금은 귀측에서 먼저 내방해 주셨으니 감사하기 이를 데 없었습니다. 귀 대신의 안착을 경하합니다."

"이렇게 빠른 답례를 받으니 너무 번거롭게 해드린 것 같습니다. 후의에 감사드립니다."

"다시 한 번 예방을 감사드리며 저는 이만 물러가고 또 뵙겠습니다."

"귀유貴諭를 감사히 접수하겠습니다."

이렇게 첫 날의 정식 대면은 일단락 났다. 구로다는 우라세를 시켜서 내일 오후 1시에 회의를 하자고 통보하게 하였다. 밤 8시에 현석운이 방문하여 지금 서울에는 격도激徒들이 야음을 틈타 날뛰고 있으니 일본 대신들의 신변을 주의하라 당부하였다.

구로다의 알선으로 미리서 숙소 방 한 칸을 차지하고 있던 김인승과 유병모는 구로다가 돌아오자 참모의 역할을 시작하였다. 김인승이 구로다에게 말한다.

"오늘은 대성공입니다."

"그렇습니까. 하하하."

"오늘 가장 좋았던 것은 축포를 많이 발사하고 집총과 군악의 연주를 한 것입니다. 각하께서도 염두에 두셨다고 했습니다만, 제가 그것을 건의하였던 것은 제가 나가사키에 도착하였을 때와 이번 우리가 시나가와를 출발할 때 보고 느낀 것입니다. 그래서 이 방법을 조선에 도착하자마자 부산에서부터 사용하자고 했지요. 과연 효과는 최고에 달하고 있습니다."

"역시 겁을 좀 주니 태도가 전혀 달라지더군요."

"그렇습니다. 이제부터는 무력 시위 여하에 따라서 회의의 결과도 좌우될 것입니다. 내가 보기에는 오늘의 무력 시위도 부족합니다. 최소한 그 배는 해야 합니다. 그리고 군함도 여섯 척으로 부족합니다. 더 많은 군함을 동원해야 합니다."

"김공의 의견은 대단히 좋으나 우리에게도 한계가 있습니다. 나도 더 많은 군함을 동원하고 싶었습니다만 황국 해군의 사정상 실은 이런 정도가 한계입니다. 이 이상은 곤란합니다. 군함 건 이외는 김 공의 의견대로 하겠습니다."

유병모도 김인승의 의견에 동조하고 있었지만 김인승의 도가 지나친 듯한 열성에 속으로 좀 놀라고 있었다. 숙소에는 김인승, 유병모를 위시한 실무진들만 남고 주요 인사들은 신변 문제상 모두 함대로 돌아갔다.

2

2월 11일, 강화부 서문 안 연무당練武堂에서 첫 담판이 있는 날이다. 이곳은 원래 강화부의 군사를 훈련하던 곳으로 열무당閱武堂이 좁아서 조련장으로는 적당치 않아 6년 전인 1870년에 새로 지은 일명 '신열무당' 또는 '외교장外敎場'이라 하는 곳이다. 연무당과 열무당 모두 강화 해안을 경비하는 임무를 가졌던 진무영鎭撫營의 훈련 장소이다. 강화읍성의 열무당은 일종의 훈련 모습을 참관하는 진무영 고관을 위한 장소인데, 당시에 이 연병장 주변에 인가가 들어서 훈련하기에 규모가 작았기 때문에, 새롭게 훈련을 위한 연병장을 만들고 또 그것을 지켜 볼 수 있는 연무당을 새로 짓게 된 것이다.

오전 9시 20분에 조선 측 차비관 현제순이 찾아와 일본의 양 대신의 안부를 묻고 돌아갔다. 10시 30분에 미야모토 대승과 고마키 간사가 유수 조병식에게 양 대신이 강화부에 도착할 것이라고 통보하고, 전일의 숙소 알선에 감사를 표시했다. 동시에 오늘은 황국의 기원절紀元節이기 때문에 모든 함선에서 축포를 쏠 것이라고 통보하였다. 일본의 기원절이란 것은 그네들이 인위적으로 만들어 낸 소위 초대 텐노인 진무 텐노神武天皇의 즉위일로, 말하자면 일본 건국 기념일인 것이다.

오후 1시 정각에 일본의 양 대신은 미야모토 대승과 모리야마 권대승, 그리고 고마키 간사와 우라세 통변을 대동하고 연무당으로 들어서는데 앞뒤로 일본 해병 4백 명이 보무도 당당히 호위하고 있었다. 동시에 여섯 척의 함선에서 일제히 축포가 발사되어 온 강화 하늘을 공포의 도가니로 몰아넣고 있었다.

일본도 최초의 해외 진출이기 때문에 모든 것이 미지수였다. 과연 이런 저차원적인 행위가 먹혀 들어갈까? 그러나 김인승의 말처럼 상상 외로 큰 효과를 보고 있었다. 일본이 미국 페리Matthew C. Perry 제독에 의해 강제 개국을 할 때1854 당해 보았던 그 대포의 위력을 그대로 보이고 있는 것이었다. 그때 페리는 우라가 앞바다에서 연일 하늘이 진동하는 함포 훈련과 축포를 쏘아 대며 일본을 겁박하고 있었고, 일본인은 무서워 떨고 있었던 것이다.

설 명절 기간이라 밖으로 나왔던 강화도민은 눈이 휘둥그레져 다시 슬슬 집으로 들어갔고 동네 개들도 낑낑대고 제 집을 찾아 기어들었다.

조선 측 양 대신, 신헌과 윤자승이 종사관 홍대중, 반당伴

當강위, 군관 서찬보, 훈도 현석운을 대동하고 약간 겁먹은 듯한 얼굴로 그들을 맞이하였다.

신헌의 나이는 올해 65세로 하얀 긴 수염이 경륜을 말해 주는 듯, 유장이란 별호답게 무인의 기개는 사라진 지 오래된 먹물 배인 전형적인 조선 관료형이다. 얼굴은 상하로 길고 눈썹은 치켜 올라가고 눈은 작아 고집도 부림직하였으나, 원칙을 고수했으면 했지 이치에 닿지 않는 말을 우길 위인은 아니었다. 거기에 비해 구로다는 올해 36세의 혈기왕성한 청년 장성으로, 머리는 상고머리에 수염은 코밑 부분만 길러 짧게 잘랐으며 얼굴은 둥그스레하고 귀밑에 난 구레나룻이 일본 사내 특유의 냉기를 품어 내며 눈은 독사처럼 쏘아 보는 데가 있었다. 젊은 나이에 승승장구하여 오늘에 이른 실력자답게 자기에 필요한 것이라면 어떤 억지라도 부릴 수 있는 악심이 넘쳐 흐른다. 둘이는 흘끗 서로의 얼굴을 다시 한 번 확인하고 기싸움에 들어갔다. 잠시 동안 바닥이 느껴지지 않는 수렁 같은 침묵 속에 묵묵히 서로의 일거일동을 응시하고 있었다. 그러나 첫 기싸움에서부터 신헌이 지고 있다는 것을 누구나 감지하고 있었다. 양 부대신들도 서로 흘끗흘끗 얼굴을 보았다.

연무당 안에서는 조선 측 허락도 없이 모리야마 시게루가 당연한 것처럼 사회를 보았다.

"오늘 이 자리는 전일 통보한 대로 양국의 중대사를 논의하는 자리이니만큼 귀 대신은 수행원을 포함한 다섯 사람을 제외하고 모두 자리에서 물러나게 해주시기 바랍니다."

이에 조선 측 대관들은 옆에서 시중드는 조선 관리들을 밖에 나가 있으라고 손짓하였다. 연무당 정문 양쪽에는 키 크고 멋진 해군 제복을 입은 일본 수병 두 명이 긴 칼을 차고 보초를 서고 있고, 정문의 수병 양쪽으로 양복 입은 일본인 관리가 각각 열댓 명씩 정렬하여 서 있다. 그 외곽으로 흰 두루마기에 갓 쓴 조선 하급 관리들이 열댓 명씩 팔짱을 끼고 서성대고 있는 형국이었다. 이번에는 구로다가 먼저 신헌에게 말하였다.

"금일의 회오會晤는 우리가 조선까지 온 사명을 전달하려는 것입니다. 지금부터 그것을 말하겠습니다."

"말씀하세요."

"우리 텐노 폐하께서는 양국의 3백 년간의 구교舊交를 돈독히 한다는 뜻에서 귀국의 접대 대신들에게 오해 없게 잘 설명해 드리라고 정중히 명하셨습니다."

"양국의 3백 년간의 교의交誼는 폐할 수 없는 일이지요. 지금 구교를 돈독히 하자는 말씀을 들으니 감사하기 이를 데 없습니다."

"사명의 대의에 관해서는 우리 측에서 외무경 이사관 히로츠 히로노부廣津弘信를 통해서 이미 보고 드렸습니다만……."

"그 일은 이미 알고 있습니다."

구로다는 신헌의 얼굴을 한 번 흘끗 보고는 이제부터 본격적으로 기선을 잡아야겠다고 작심한 듯 말했다.

"우리나라가 왕정 유신을 하였다는 서신을 귀국에 보내서 구호舊好를 돈독히 하고자 하였으나 귀국에서 그것을 접수하지 않았습니다. 그 뒤로도 여러 차례 사신을 파견하였음에도 불구하고 오늘에 이르기까지 아무런 회답이 없으니 양국이 화합하지 못함은 실로 여기에 기인하는 것 아닙니까?"

"양국 간에 종례의 격식이 있었는데 그 예격例格 문제 때문에 정의情意가 격조하게 되었다니 민망하군요."

신헌도 할 말은 해야겠다는 태도였으나 벌써 피동적인 태도였다. 구로다는 기회를 포착한 듯 말을 계속한다.

"거기에 더하여 우리 기선 운요호가 청국 니우장牛莊 지방으로 항행하는 도중 급수 문제로 초지진에 이르렀을 때 갑자기 포격을 받았으니, 이것이 화합을 해치는 또 하나의 원인이 되었습니다."

"강화도는 서울과 가까운 곳이기 때문에 경비가 엄합니다. 귀국의 휘장 견본이 이미 우리 정부에 전달은 되었습니다만 아직 지방에는 전달하지 못했습니다. 더욱이 그 배는 황색기를 세우고 있어서 전혀 다른 나라의 배로 알고 방어 차원에서 포격을 가한 것입니다."

"황색기를 세우고 있었다니 이해가 되지 않군요. 틀림없이 일본국 국기를 세우고 있었습니다. 하여튼 이 건은 차차 이야기하기로 하지요."

걸렸다. 구로다는 눈빛이 빛나면서 맹수가 낮게 으르렁대듯이 일단 한숨을 돌렸다. 초반부터 이들의 허점이 이렇게 쉽게 잡히다니. 연무당으로 출발하기 직전 김인승이 구로다에게 한 말, 무조건 공격적으로 일관하고 책임 전가를 하라고 한 말을 알 것 같았다. 이 고삐를 늦추지 말아야 한다고 생각했다. 신헌이 구로다를 보고 말을 계속한다.

"또한 그 즈음에 이양선이 근해를 왕래한다는 소문이 있었기 때문에 귀국의 배인지 확인을 하지 않고 발포부터 하였습니다. 금번 히로츠의 보고를 받고 처음으로 귀국의 배인 줄 알았습니다."

"우리나라와 지나支那, 중국가 조약을 맺은 이래로 우리 배가 귀국의 연해를 빈번히 왕래할 것이기 때문에 오인하지 말라고 일본 국기 견본을 귀국에 교부한 지가 벌써 오래전의 일입니다."

"귀국의 국기 견본이 우리나라에 도착한 것은 사실이나 전국에 공포하지 않은 이유는 양국의 국교가 충분히 이루어지지 않고 있었기 때문입니다. 귀국 외무경의 서계書契를 접수한 연후에 정식 공포하려고 미루고 있는 중에 돌연 황색기를 보고 발포한 것입니다. 평상시 같았으면 상선의 해상조난이 있으면 구휼을 할 판에 귀국 군함인 줄 알고 발포했을 리가 있습니까?"

"비록 교제가 충분치 않고 서계의 왕래가 없었다고 해도 양국이 적대시 하지 않았다면 포격을 할 리가 없습니다. 그런 불신을 없애기 위해서라도 우리가 통보한 휘장을 하루속히 인민에게 알렸어야지, 그러지 못함은 귀측이 이를 등한시 한 까닭입니다."

신헌은 자기도 공격적인 말을 할 필요가 있다고 생각하며 책임을 일본에 넘겨 보려 하였다.

"당시에 우리나라에 머물렀던 그 배가 귀국 배가 확실했다면 마땅히 법규에 따라 처리했어야 하지요. 그런데 그 배는 영종성에 이르러 발포하고 병기를 빼앗아 달아나는 등 완전히 외이外夷의 행위로밖에 볼 수 없는 행동을 하였습니다. 차후로 이러한 일이 없도록 각별히 주의하시기 바랍니다."

"이런 류의 사건은 필경 양국의 정의가 격조한 데서 기인한 것입니다. 이번에 우호의 대국大局을 이루려 함은 이제부터 이와 같은 불미스러운 일이 일어나지 않게 하기 위한 것입니다. 방금 영종성 운운하는 건은 당시 그 배가 강화부에 이르렀을 때 그 이유를 묻지도 않고, 더욱이 국기를 세 개나 개양하고 있었는데도 포격이 점점 심해져 진퇴양난 하여 부득이 방어적인 행동을 취한 것입니다. 우리나라를 적대시하고 우리나라의 서간을 받아들이지 않은 지 이미 8년이 지났습니다. 어떻든 그 순서를 논하고 그 서류를 다시 꺼내서 담판하여야 합니다."

"그 서류들은 이미 보았습니다."

"우리들이 귀국과 회담에 임한 것은 전권을 위임받았습니다. 귀 대신들도 마찬가지이겠지요."

국제법에서 말하는 '전권대신'이란 용어를 알 리가 없을 것이기 때문에 구로다는 일부러 한 말이었다. 아니나 다를까 신헌은 전례에 의한 구법을 말하고 있었다.

"귀 대신이 타국에 출사하게 된 것은 증거에 의한 것이겠지요. 그러나 우리나라가 타국에 사신을 파견한 예는 거의 없으며 일단 외방과의 관계는 관례에 따릅니다. 특히 이번처럼 서울과 가까운 곳에서 접대할 때는 시시각각 품보하여 공무를 결정합니다."

"그렇다면 얼마만 한 위임권을 가지고 있단 말씀입니까?"

"귀 대신을 접대하라는 명을 받았지만 귀 대신과 논의할 것에 대해서는 예측이 어렵기 때문에 그 한계를 아직 정하지 않았습니다."

"그렇지만 양국의 교제 사무를 상의하는 데 있어서 귀 대신의 권한으로 조약을 맺을 수 있는지 없는지 정도의 구분은 있을 것 아닙니까?"

"우리는 귀 대신을 접대하라는 명을 받았을 뿐입니다. 담판의 사건에 따라 경사京師에 보고하여 처분을 기다리는 것, 그것이 오늘의 직분입니다."

"처음에 부산에서 귀국의 병권대신秉權大臣과 상의해야 한다고 통지하였는데도 지금 귀 대신께서는 출영만 하고 위임의 권한은 없다는 말씀을 하고 계시군요."

"우리나라에서는 사신을 파견하면서 전권을 부여한 일은 없습니다. 여기는 경성과 가깝기 때문에 담판의 내용에 따라서 봉보奉報해야 할지 안 해야 할지를 구별하여 시시각각 상의해야 합니다."

이번에는 일본 측 부대신이 끼어든다. 우리가 당신네들한테 질 상대가 아니라는 것을 미리 알기나 하라는 듯이.

"그렇다면 귀 대신이 말한 바, 종전에 양국의 정의가 격조해서 심히 민망했다고 하셨는데 그 말은 귀 조정의 의견입니까 귀 대신의 의견입니까?"

이노우에는 올해 40세로, 나이답지 않게 이마에 주름살이 깊게 패이고 수염은 구로다처럼 코밑만 살리고 머리는 하이칼라를 하고 포마드를 번들번들 발랐다. 교활하고 끈질기게 물고 늘어질 하이에나 기질이 엿보이는 소인형 인물이다. 이런 자에게 허점을 보이는 것은 죽음밖에 없을 것이다. 메이지유신의 주역 죠슈長州 출신으로 막부 타도 운동에 앞장섰던 인물이다. 메이지 일본의 재무를 관장하는 대장대보大藏大輔에 임명되었으나 3년 전에 재정 정책에 불만을 품고 관직에서 물러나 실업계에 몸담고 있다가 작년에 관계에 복귀하여 이번에 특명전권 변리부대신으로 강화에 온 것이다. 이제 신헌과 이노우에가 말상대가 된다.

이노우에가 말꼬리를 잡으려는 듯 물었다.

"조정의 모든 군신들이 다 민망해 했다고 했는데, 거기에는 많은 곡절이 있기 때문일 것 같습니다. 더 자세한 것을 듣기 위하여 사람을 청해 들어보면 어떻습니까."

"국왕 전하께서도 민망해 하고 모든 대신들도 민망해 했다는 것은 이미 지나간 이야기인데 지금 그것을 다시 들어서 무엇합니까?"

이때 조선 측 부대신 윤자승도 끼어든다.

"구태여 그것을 말하기를 원치 않지만 그 대략은 말씀드리겠습니다."

이제부터는 신헌이 궁지에 몰리면 거들어야겠다고 깨달은 것이다. 윤자승은 올해 61세로 하얀 수염을 보기 좋게 손질한 호인형이다. 둥그스레한 얼굴에 둥그스레한 눈이 겁이 많게 생겼다. 신헌이 윤자승을 대신하여 이노우에를 보고 말한다.

"전에 일본의 야도 마사요시八戶順叔란 자가 청국에 있으면서 귀국이 병兵을 내어 우리나라를 정벌하고 조공을 바치지 않는 책임을 묻기로 했다는 말을 신문에 내서 각국에 배포한 적이 있습니다. 때문에 청국 정부에서는 이것을 우리나라에 자문했지요. 그래서 우리가 마침 의구심을 품고 있는 차 귀국에서 유신을 알린다는 글을 보내 왔는데 글 속에 '황皇'이니 '칙勅'이니 하는 글자가 있으며 또한 서체가 구례舊例와 맞지 않았습니다. 이 때문에 더욱 의혹이 생겨 정의가 격조해졌지요. 그렇지만 오늘에 이르러서는 일이 모두 해빙되었기 때문에 다만 이전의 일을 언급하는 것뿐입니다."

“귀국의 내정 여하에 대해서는 우리가 관여할 바 아닙니다. 각국이 서로 예로서 서간을 드리는 것은 교제의 도道이기도 합니다. 귀국은 우리나라가 누차에 걸쳐서 서간을 보냈는데도 불구하고 8년간이나 한 마디도 회답하지 않음은 무슨 연유입니까?”

“그 말대로 양국이 격조하게 된 것은 우리 때문이라고 하더라도, 야도八戶의 발설로 말미암아 각국에 유전되어 귀국이 우리나라를 모욕한 데 대해 분괴憤愧하고 있는 중에 서계가 관례와 다름을 보고 더욱 의혹이 생겼다는 말은 방금 말한 대로입니다. 그러나 기왕지사는 말할 필요가 없고 이제부터 친목을 돈독히 하고 격조했던 정의를 복원하면 될 거 아닙니까?”

이노우에는 신헌의 잘못을 인정한 듯한 말에 쾌재를 불렀다. ‘옳지! 너희들 스스로가 그것을 덮으려고만 하는구나. 그럴 때는 오히려 그것을 더 부각시키면 되지, 바로 그 고삐를 낚아챌 거야’ 하고 작정했다. 이노우에가 기다렸다는 듯이 말한다.

“물론 억지로 기왕지사를 말할 필요는 없지만 야도의 말을 가지고 의혹을 가졌다 함은 귀국이 스스로 한 일이지 우리 정부와는 하등의 관계가 없습니다. 만약 백성들이 한 말을 가지고 일일이 국교와 관련시킨다면 우리나라에서 정한론征韓論이 고창되었던 것도 귀국 백성들이 정부를 원망할 수 있겠습니다그려. 각 정부간에 정식으로 교류된 말이 아니라면 탓할 바가 못 됩니다. 때문에 이러한 의혹을 가지고 양국의 화친을 해치는 것은 반성해야 할 것입니다."

이때 윤자승이 한 마디 한다.

"지금 보면 웃을 일이지만 당시에는 이 건이 신문에 실림으로 외국에 치욕을 당했다고 생각했습니다. 이 후로는 절대 믿지 않고 귀국과 구호舊好를 튼튼히 하여 양국 교제를 성심성의껏 하겠습니다."

이번에는 구로다가 나섰다.

"방금 부대신께서 말씀하신 신문지 건은 믿을 만한 것이 못됩니다. 만약 일일이 그런 것을 믿는다면 양국의 우호를 깨트리고 종국에는 수백만 생령을 도탄에 빠트릴 수도 있을 것입니다. 지나간 일은 덮어 두고 논하지 않는다고 하지만 향후에 또다시 이와 같은 일이 있을 때는 양국의 교화交和를 염두에 두어야 할 것입니다. 실로 한탄할 일이었지요. 종전의 양국 교섭 건은 모두 증거가 있는 안건들이었습니다. 그 야도의 허설虛說에 대해서는 벌써 소씨宗氏, 대마도주가 해명한 걸로 압니다."

이 말에는 신헌이 받았다.

“당시는 신문지 내용은 차치하고 소씨가 조회照會해 온 내용은 야도가 일본인이 아니라는 취지로 대답한 걸로 기억합니다.”

“어찌 됐건, 종전에 양국의 정의가 격조하고 우리의 서간에 답을 하지 않고 8년간이나 천연하며 오늘에 이르게 한 것은 이치에 어긋나지 않다고 생각하십니까?”

“무진년1868 이래 서계를 받아들이지 않은 건에 대해서는 이제 모두 오해가 풀렸으니 향후에는 이의를 제기하지 않고 받아들이겠습니다.”

기회를 잡았다는 듯이 이노우에가 말한다.

“그렇다면 우리나라의 정의를 귀국이 거절한 것에 대해서 지금 회오悔悟, 반성하신단 말씀입니까.”

이노우에의 태도에서 문득 어떤 집요하고도 치열한 투지 같은 것이 느껴졌다. 바로 첫인상에서 풍겼던 그 물고 늘어지기 근성이 나온 것이었다. 신헌이 이노우에를 똑바로 보면서 말한다.

“우리들은 귀 대신을 접대하는 일개 사신에 불과합니다. ‘회오’라는 말은 듣기 거북합니다. 종전의 의혹 덩어리들이 모두 풀렸다는 말입니다.”

"그렇다면 이와 같은 사건이 일어난 것이 우방국에 대하여 당연하다고 생각하십니까?"

"기왕의 일은 반드시 시비를 논할 필요 없이, 금후로는 우호를 도모하자고 이미 말했지 않습니까?"

"일의 시비를 가릴 필요가 없다고 한 말의 뜻을 잘 모르겠습니다. 지금 잠시 양국 교제의 일을 논하기에 앞서 귀 대신은 먼저 반성하십시오. 붕우 친교의 약속을 배반하고 신의를 잃게 한 것이 도대체 이치에 합당하다고 생각하십니까?"

"허어! 앞에서 여러 차례 말한 바와 같이 무진년 이래의 신서계新書契 등의 뜻을 모두 거절하자는 것이 아니고, 또 전일의 잘못된 일을 사죄하는 일은 본 대신이 감히 할 수 있는 일이 아니라는 뜻입니다."

이때 구로다가 기회를 기다렸다는 듯이 끼어들었다.

"이 일은 아무리 말해도 확답을 얻을 수 있는 일이 아니니 잠시 접어 두기로 하고 지금은 일단 운요함雲揚艦의 일을 묻고자 합니다. 방금 귀 대신께서 말씀하시길 운요함은 수병守兵들이 일본 선박인 줄 모르고 발포했다고 했는데 귀 조정에서는 무어라 말씀하셨습니까?"

이 자가 공격의 화살을 조정으로 돌리다니. 구로다의 땅띔도 할 수 없는 그 안개 자욱한 태도에 신헌은 더욱 불안하여 맞잡고 있는 손이 가볍게 떨렸다. 그러나 자신이 일국의 대표라는 가슴속에 가늘게 도사리고 있던 일말의 소명 의식을 느끼며 있는 용기를 다 내보았다.

"귀국의 선박인 줄 모르고 발포했기 때문에 수병들은 죄가 없다고 했습니다."

"그렇다면 그 오격誤擊을 받은 우리들에 대해서는 어떻게 보상하실 것입니까?"

"이미 귀국 선박인 줄 알았기 때문에 우리 조정에서 적당한 조치를 취하리라 생각합니다."

구로다는 생각했다. 잘 걸려드는구나. 이들은 뭐니 뭐니 해도 국제법에 무지하다. 원래 후진국은 연못에 돌 던진 것처럼 중심이 잔잔해진 뒤에 뒤늦게 물결이 일게 되어 있지. 후에 받는 후과가 어떤 것인지 보여 주리라.

"오늘은 시간이 많이 흘러갔으니 내일 다시 회의를 속개함이 어떻습니까?"

"그러지요."

회담이 끝나고 조선 측에서 주연을 마련했다고 하며 밖에서는 벌써 풍악이 울리기 시작하였다. 섬돌 아래 차려진 주연상을 보니 술, 안주, 차茶, 배, 명란, 밤, 명태, 홍시, 마른 대추, 색떡, 잣, 약과, 통닭, 녹말 국수 등이 그득히 차려져 있고 피리, 젓대, 장구, 북, 징, 꽹과리 등을 준비한 악사들이 숨을 고르며 풍악을 연주한다.

구로다는 여기서 결연한 태도로 이를 거절하였다.

"성의는 감사하나 중요한 국사를 논함에 있어서 음악은 어울리지 않음으로 이만 사양하겠습니다."

"그래도 이렇게 준비한 성의를 생각해서라도……."

"자, 그럼. 이만……."

신헌의 만류에도 불구하고 구로다는 굳세게 돌아서서 발걸음을 옮겼다. 조선 측에서는 닭 쫓던 개 지붕 쳐다보는 식으로 보고만 있을 수밖에 도리가 없었다. 5시에 부수영의 숙소로 모두 철거하자 조선 측에서는 음식들을 싸들고 뒤따라와서 놓고 간다. 이어서 훈도 현석운이 와서 내일 일정에 대해서 확인하고 돌아갔다.

오늘 일본 측의 강평회는 숙소에서 하지 않고 겐부함으로 옮기기로 하였다. 만약의 경우 숙소에서 조선인 첩자가 어딘가에서 엿들을 수도 있을 것이라는 일본인다운 발상이었다. 겐부함에는 오늘 회의에 참가한 다섯 명과 각 함대의 선장, 김인승, 유병모 그리고 기타 주요 인사들이었다. 구로다는 먼저 우라세에게 말하였다.

"오늘 우라세 군이 통역을 하느라 수고가 많았소."

"천만의 말씀입니다. 저야 제 직분을 다했을 뿐입니다."

"그리고 김공의 전략은 모두가 탁견이었소. 시키는 대로 하니 모두가 먹혀 들어가더군. 역시 조선인의 심리는 조선인이 가장 잘 안다니까."

"저야 각하께 저의 견마지로를 다했을 따름입니다. 내일은 더 중요한 회담이 남아 있습니다. 꼭 황국의 의도대로 되기를 축원합니다."

이때 운요호사건을 직접 일으켰던 다카오함의 함장 이노우에 요시카井上良馨가 만면에 웃음을 띠고 말한다.

"오늘 회의에서 조선 측 대신이 당시 운요호에 황색기가 걸려있었다고 했다면서요? 픗하하하."

31세의 젊은 몸에서 힘차게 터져 나오는 웃음 소리는 그칠 기미가 없이 길게 이어졌다. 뭐니 뭐니 해도 오늘의 최대의 공로자는 자기라는 듯이 구로다의 얼굴을 보면서 웃어 대고 있었다. 그러다가 상관에 대한 예의가 아니라고 깨달았는지 그때에야 겨우 웃음을 거뒀다. 구로다와 이노우에 요시카는 같은 사쓰마 출신의 가장 잘 나가는 현역 군인이다. 요시카의 생김새야말로 평소에는 졸음이 오는 듯한 표정이지만 상대의 약점을 한 번 잡았다 하면 그것을 함부로 놓일 리 없는 인물이다. 뱁새처럼 가는 눈을 치켜뜨며 볼 때는 저 머리에 무엇이 들어 있을까 오리무중이었다. 김인승이 말한다.

"내일의 회담 장소는 오늘의 연무당이 아니고 열무당閱武堂입니다. 열무당은 강화읍성 안으로 깊숙이 들어간 곳이기 때문에 잘못하면 조선의 위세에 밀릴 수도 있습니다. 그러면 큰일입니다. 함포뿐만 아니라 기관총도 있지 않습니까? 이때 쓰지 않고 언제 쓰려고 보관만 하고 있습니까?"

"기관총이요? 거기까지는 미처 생각하지 못했소. 좋은 생각이오. 다네다 소장! 우리가 가지고 온 기관총이 전부 몇 대요?"

"개틀링Gatling 기관총 네 대를 소지하고 왔습니다. 가장 최근에 미국에서 수입한 것입니다."

"성능은 어느 정도요?"

"미국 남북전쟁 때 최대의 위력을 발휘했던 무기로 지금도 개틀링을 따를 만한 기관총이 없는 것으로 압니다. 회전이 가능하며 1분에 3천 발을 발사할 수 있습니다."

"좋소! 내일은 개틀링 기관총 네 대 전부를 동원하여 위력을 과시하시오."

강평회가 끝나자 구로다 일행은 함선에서 자고 내일 역시 시위를 벌리며 회의장에 출현하기로 하고, 김인승 등 실무진들은 다시 보트를 타고 부수영 숙소로 향했다.

집사청 회담

1

회담 이틀째 되는 날인 2월 12일, 새벽 4시 15분에 현석운이 신헌 대신의 뜻을 전하기 위하여 우라세와 김인승, 유병모들이 머무르고 있는 부수영 숙소에 일찍 들렀다.

"대원군의 복심 두 명이 조일 양국의 화친을 방해하기 위하여 동지 약간을 취합하여 경성을 탈출했답니다. 이 말은 재경在京 주화파 고위 대신으로부터 입수한 정보입니다."

"지금이 어느 땐데 그런 시대에 뒤떨어진 자가 있단 말이무니까?"

"조선 정부에서는 그런 자 하나도 빨리 체포하지 못하고 무엇을 하고 있스무니까?"

우라세가 말하기 전에 김인승과 유병모가 참지 못하고 한마디씩 내뱉었다.

"지금 수색 중에 있으니 반드시 잡힐 것입니다. 잡히면 즉시 처형할 것입니다."

"아무리 그래도 수사망을 뚫고 강화까지 온다면 어찌한단 말이오?"

"만약 그들이 예까지 와서 일본인에게 불경한 짓을 한다면 조선의 허락 없이 즉시 목을 쳐도 개의치 않을 것이라고 하였소."

"알았소. 이 소식을 즉시 구로다 각하에게 전하겠소."

우라세와 김인승은 즉시 보트를 타고 겐부함에 이르러 구로다에게 이 말을 전하였다. 구로다는 "아, 그래? 참 재미있군." 하면서 태연자약했지만 순간 등골이 오싹하며 발에 쥐가 나는 듯했다. 또 한편으로는 생각했다. 만약 그런 유사한 일이 이곳 강화에서 벌어진다면 회담에서 절대적인 우위를 차지할 수도 있겠구나 하고. 그리고 번뜩 머리를 스치고 지나가는 것이 있었다. 사이고 다카모리였다. "조선에 직접 가서 황국의 위엄을 보이고 담판을 벌리겠다. 그러면 성질 급한 조선인은 자기를 살해할 것이다. 그때 그것을 빌미로 조선을 점령하라." 이것이 사이고의 복안이었다. 구로다는 잘하면 자기가 진짜 사이고 다카모리가 되어 일본의 영원불멸의 영웅이 될 수도 있겠구나 생각하고는 묘한 냉기어린 웃음을 지었다.

다시 아침 9시에 현석운이 숙소를 들렀다. 이번은 미야모토 대승이 맞이하였다. 조선 측 대신으로부터 일본 측 대신에게 전하는 선물이었다. 목록을 보니 '황소 5마리, 닭 50마리'라고 씌어져 있었다. 구로다에게 그 목록을 보이자, '후의는 감사하나 양국의 수호가 아직 체결되지 않은 상태에서 예물을 받는 것은 도리에 맞지 않는다. 그러나 받지 않는다면 예의가 아니니 임관任官을 시켜서 맡아 두기만 한다. 사사使事가 끝나면 내가 답례를 올리겠다'는 뜻을 그대로 전하라 하였다. 미야모토가 말을 전하는데 김인승이 통역을 하고 나서 스스로 현석운에게 말한다.

"오늘 아침 귀 대신으로부터 우리 대신께 경계하라고 한 내용은 잘 접수하였습니다만 자기 나라 안에 흉도를 다스리지 못함은 군주의 책임이 아닐 수 없스무니다. 어떻게 하여 멀리 있는 외국의 대신에게까지 심려를 끼치게 한단 말이오. 우리 대신께서는 그까짓 흉도쯤이야 몇백 몇천이라도 전혀 개의치 않고 원래 계획을 변경하는 일도 없을 것입니다. 만약 흉도에 의해서 우리 측에 약간이라도 무례한 일이 일어난다면 그것은 귀국 정부의 책임으로 돌릴 것이오. 그렇게 되면 우리 대신께서는 국기를 거두고 귀국할 것이고 만약 정말 귀국한다면 당신들은 후회막급일 것이오. 이것이 우리 대신의 뜻이니 귀국 정부와 대신들에게 이 취지를 잘 전달하세요. 알았스무니까?"

"네, 알겠습니다."

마치 일본 정부의 대변인이라도 되는 양 일사천리로 내지르는 말에 질린 현석운은 자기도 모르는 사이에 몸을 곧추세우며 "알았습니다!"를 고창하였다.

오후 1시부터 회의를 열기로 한 열무당진무영인 강화부 진무보리영 鎭武保釐營 문 앞의 집사청執事廳에서는 희한한 광경이 벌어지고 있었다. 일본 측은 열무당에서 회담 장소인 집사청을 향하여 개틀링 기관총 네 대를 장착해 놓고 시험 발사를 하고 있었다. 집사청 뜰에 심어진 키 큰 은행나무며 오래된 소나무를 향하여 뚜두두두 따다다다 기관총을 내리갈기자 육중한 은행나무 가지가 부러져 내리고 솔잎이 어지러이 뜰에 쌓였다. 이 광경을 본 흰 옷 입은 조선의 관민들은 무서워 슬슬 길을 피하거나 멀찌감치 떨어져서 오들오들 떨었다.

이어서 천지를 진동하는 예포 소리가 강화 앞바다에서 울려 퍼지고 시커먼 연기와 함께 구로다 일행은 4백여 명의 해병의 호위를 받으며 상륙하고 있었다. 예포 소리는 조선인의 귀에는 마치 천둥이 친 뒤의 바라 소리처럼 귓가를 오랫동안 윙윙거리고 있었다.

구로다, 이노우에 양 대신이 우라세 통역관을 대동하고 미야모토 코이치宮本小一, 외무대승, 모리야마 시게루森山茂, 외무권대승, 야스다 시게노리安田定則, 개척소판관, 고마키 마사나리小牧昌業. 개척간사, 아라카와 토쿠지荒川德滋, 외무 6등서기생와 함께 집사청 회의장에 착석하였다.

정문에는 전과 같이 위엄 있는 긴 칼을 찬 두 명의 일본 사관이 부동자세로 서서 날카로운 눈초리를 날리고 있다. 회의장 앞은 역시 신사복 입은 일본 관료들이 두 줄로 각각 열댓 명씩 정렬하여 있다. 이번 구로다가 끌고 온 군대는 근위近衛, 수도의 근위부와 오사카, 구마모토, 히로시마 등의 각 진대鎭臺에서 차출하여 혼성 여단을 조직하고, 군인 이외 문무 수행원 31명을 대동하였던 것이다. 정문 앞의 31명의 일본 관료는 그 주임관, 판임관의 문무 수행원 전원이었다.

조선의 신헌, 윤자승 양 대신이 조선 측 배심원을 대동하고 일본인들 사이를 끼어 들어와 불안한 눈으로, 그러나 있는 용기를 다 내어 몸을 곧추세우고 의자에 앉는다. 구로다는 오늘 어떻게 해야 할지를 미리 주도면밀하게 준비해 왔다. 어제저녁 김인승의 결정적인 조언은 오늘 회담의 승패를 좌우할 것이다. '무력 시위를 해야 한다', '몰아붙이기를 해야 한다', '책임 전가를 해야 한다', '황국의 보호 아래서 만이 조선의 안녕은 지켜진다'를 강조하라는 진언이다. 구로다가 먼저 기선을 잡았다.

"어제 회담의 계속입니다. 지금까지 양국 정의가 격조했던 것 중에서 야도 마사요시의 말이 신문지에 게재됨으로 인해 귀국의 민의民意가 분분했다는 것은 이미 접수했습니다. 또 신문이라는 것은 믿을 만한 것이 못 된다는 것도 어제 말씀드린 대로입니다. 그러나 우리나라가 유신 이래 서찰을 8년간이나 보냈는데도 일언반구의 회답도 안 함으로써 우리 조정에서는 대단한 불만을 표시했고 국가적 치욕을 당했다고 생각하여 그대로 묵과할 수 없다는 국론이 분기했습니다. 그리하여 우리 텐노 폐하께서는 이를 깊이 우려하셔서 본 양 대신을 파견하여 양국의 정의를 통하게 하고 3백년 이래 구호를 회복하라고 명하기에 이르렀습니다. 그런데 어제 귀 대신이 발언한 내용을 보면 종전의 격조는 이미 해빙되었다고 하셨습니다만 그렇게 중차대한 문제가 오직 해빙이라는 말 한 마디로 해결되리라고 생각하십니까? 그래서 종전의 수속이나 증거가 될 만한 서류들을 모두 지참하였습니다. 모리야마 시게루 군은 이 일의 직접 당사자이기 때문에 지금으로부터 그가 자세한 설명을 하겠습니다."

모리야마는 짜고 치는 고스톱으로 일어나긴 하였지만 그 연기만은 여간 능숙한 게 아니었다. 메이지 9년1876까지의 교린 사실을 일본 입장에서 일기체 식으로 설명하기 시작한다. 억울한 일을 당한 사람이 어렵사리 발언권을 얻어 실컷 발언을 하는 것처럼 떨리는 목소리로 손을 부들부들 떨며 상기된 얼굴로 자초지종을 읽어 내려간다.

"대마도주와 동래부 사이에 왕래한 문서가 무진년1868부터 경오년1870 12월까지 한두 건이 아니었습니다. 또 제가 요시오카 히로타케古岡弘毅, 히로츠 히로노부와 함께 신미년1871에 동래부에서 서계를 봉정하려고 했지만 접수시킬 수가 없어서 부본副本을 훈도에게 필사하여 주었으니 아마 귀 조정에 지금도 있을 것입니다. 그때 저희들 세 명이 동래부에 들어가자 부사가 사람을 시켜서 서계를 바로 접수할 수 없다고 대답했을 뿐만 아니라, 훈도 역시 이를 핑계로 끝내 만나 주지 않았습니다. 때문에 하는 수 없이 구진서口陳書 한 통만 놓고 발걸음을 돌렸습니다. 귀국은 오직 고례만을 앞세우고 있지만 우리나라는 옛 제도를 일변해서 대마도주를 이미 혁파했습니다. 그 후로 빙문憑問할 곳이 없어서 외무대승 하나부사 요시모토花房義質와 함께 왔지만 역시 봉정하지 못했습니다. 표류민이 발생해도 구휼해 주지 않고 질문에 대답해 달라는 말에도 핍박하는 어구가 있었지만, 우리는 인내하며 이웃 나라의 후의厚誼를 잊지 않고 왜관에 머물러 있었습니다. 그러다가 갑술년1874 가을에…….”

모리야마의 자초지종의 설명은 어찌 보면 상당히 일리가 있는 것처럼 보일 수도 있었다. 그러나 조선의 입장에서 반박한다면 모두가 옳지 않은 말일 수도 있는 말이었다. 구로다가 신헌을 노려보며 입을 연다.

“방금 모리야마 군으로부터 설명한 대로 양국 관계를 어떻게 정상화할 것인가 그 수속 문제입니다. 단 신문지 건만은 아무리 조선 내정이 분분했다고 하여도 그것을 우리 조정에 품보하기는 곤란합니다. 이 점 양지하시기 바랍니다.”

“어제 신문지 건을 말씀드린 것은 수년 동안 격조한 데에 대하여 그 내정을 분명히 알리기 위한 것이었습니다. 오늘 말씀하신 서계 등의 논변에 대해서도 이의 없습니다. 아무쪼록 이제부터 양국이 어떻게 하면 친목을 도모할 것인가를 상의하십시다.”

“그 뜻은 충분히 알겠습니다. 연전에 귀국이 우리나라의 서계를 배척하고 우리 사신을 거부함으로써 전국적으로 분한憤恨이 일어났습니다. 여론이 격함으로 조정에서도 아주 걱정하고, 여러 가지 곤란한 일들이 일어났습니다. 이 일 때문에 4년 전에 대신급 수 명이 의견을 같이 하고 작당함해 그들을 해직시킨 일이 있었습니다. 그 중 1명은 자기 지지자들을 규합하여 귀국에 죄를 물어야 한다고 히젠肥前의 사가佐賀란 곳에서 운집하고 육해군 병력들도 이를 동조하는 자가 아주 많았습니다. 사가의 정세가 절박함으로 조정에서는 이를 진압하기 위해 대신을 사가에 파견하였는데 그 사람이 바로 참의 겸 내무경인 오쿠보 도시미치大久保利通입니다. 작년에 대만 사건 때문에 변리대신이란 명을 받고 청국의 베이징에 가서 청국 정부와 담판을 한 사람입니다. 그런데도 사가의 무리들은 진무되지 않고 드디어 병兵을 일으키게 되었으므로 무력으로 다스릴 수밖에 없었지요. 결국 어떤 자는 현장에서 죽기도 하고 어떤 자는 후에 형륙刑戮을 당하기도 하였습니다. 우리 조정에서 기필코 진무하고 절대 격동의 사태에까지 가지 않게 한 것은 양국간의 3백 년간의 우호 관계를 깨트리지 않기 위함이었습니다. 이번 저의 두 대신을 파견할 때도 더 많은 육해군 병력을 인솔하라 하였지만 본 대신은 그럴 필요가 없다고 극구 만류하였습니다. 이 일의 실정을 자세히 말씀드리려면 끝이 없기 때문에 이만 생략하겠습니다. 여하간 귀국이 종전에 무례한 짓을 한데 대하여는 차제에 거기에 상당한 회오가 있어야지, 다만 해빙되었다고만 하면 저는 저의 정부에 복명復命할 길이 없습니다. 그것으로는 종전의 허물을 논했다고 상주할 수가 없기 때문입니다."

그때 일본의 상황을 살펴보면, 메이지유신이 성공하자 대마도 도주에게 조선 외교 실패의 책임을 전가시키고 그 외교권을 메이지 정부가 빼앗아 갔다. 그리고 조선 외교 교섭의 권한을 회수하기 위해 실황을 조사하러 부산 왜관에 파견된 사다 하쿠보佐田白茅는 귀국 보고서에서 정한론의 구체적 건백서建白書를 정부에 제출한다. "조선은 불구대천의 원수로 반드시 정벌해야 한다. 정벌하지 않으면 황위皇威가 서지 않는다. 30개 대대의 병력만 동원하면 4로로 나누어 공격해 50일 이내에 정복할 수 있다. 지금 불란서와 미국이 조선 침공을 계획하고 러시아가 호시탐탐하는데 일본이 우유부단하면 기회를 잃을 것이다."라며 강력 출병을 주창했다.

4년 전에 대신 수명이 작당하여서 해직시켰다고 하는 말의 의미는, 정한론을 주창하다가 받아들여지지 않자 사이고 다카모리西鄕隆盛를 위시하여 이타카키 타이스케板垣退助, 고토 쇼지로後藤象二郎, 소에지마 타네오미副島種臣, 에토 신페이江藤新平 등 다섯 명의 참의와 군인, 관료 등 6백여 명이 사임하고 낙향한 사실을 말한다. 그 중 에토 신페이는 히젠국肥

슈의 북서부 사가현佐賀縣에서 동지를 규합하여 난을 일으키니 바로 '사가의 난'이었다. 사가의 난은 실패로 돌아가고 에토는 참수 효시된다. 사이고 다카모리가 일으킨 '세이난전쟁西南戰爭'은 이번 강화도 담판 다음 해1877에 일어나고, 사이고는 패배하자 자결하고 만다. 그런데 사이고는 정한론을 주창하다가 정벌당하는데, 사이고를 정벌한 오쿠보 도시미치, 기도 다카요시木戶孝允, 이와쿠라 토모미岩倉具視 등은 누구인가? 그들은 정한론을 반대한 자들인가? 아니다 그들은 시기상조론을 주장한 자들로 먼저 내치에 치중해야 한다는 신중론자이자, 어떤 의미에서는 그들이야말로 완벽한 정한론자들이었던 것이다. 신헌이 구로다를 보고 말한다.

"한 국가와 국가 사이에 '회오'라는 용어는 적합하지 않다고 생각 합니다. 우리나라도 귀국과 수년간 격조함으로 내정이 안정되지 못했고, 특히 사가의 사건까지 일어났다는 것은 오늘 처음으로 알았습니다. 귀 정부의 용의주도하고 세밀한 사건 대처에 깊은 사의를 표하는 바입니다. 우리나라에서도 양국 관계를 격조하게 만든 동래부사를 귀양 보내고 훈도를 참륙斬戮했다는 사실도 알아주시기 바랍니다. 저희들은 다만 접대의 명을 받고 나왔을 뿐, 어느 것이나 조정에 품보하여 허락을 받은 연후에야 실행이 가능합니다."

여기서 귀양, 참륙 운운의 의미는, 고종이 친정을 선포하고 민씨 척족 세력이 집권하면서 동래부사 정현덕을 친대원군파로 몰아 파면하고 부산 훈도 안동준을 참륙하고 조일 양국의 관계 개선을 위하여 우호적인 태도를 일본 측에 전달했던 사실이다. 이에 구로다가 말한다.

"지금 귀 조정이 종전의 비협조적인 면을 반성한 실상을 알았습니다. 따라서 향후 양국이 우호 관계를 맺고 격조하지 않기 위해서는 영원한 공수共守의 조약을 체결해야 합니다. 소씨宗氏의 구례에는 확실한 조약이 없기 때문에 분쟁이 생기고 우려할 일들이 생겼습니다. 현재의 요무要務는 조약을 체결하기 위한 조약안 검토입니다. 통역관이 조약안을 건네줄 것입니다."

이때 윤자승이 끼어든다.

"그 조약안이란 것을 보여 주세요."

그러자 이노우에가 대답한다.

"이 문건은 국문國文, 일본어으로 되어 있기 때문에 통역관이 설명해 드릴 것입니다. 이 조약은 귀국도 자주지방自主之邦으로서 일본국과 동등의 권리를 갖는다고 되어 있습니다. 이는 만국 교제의 보편적 예에 의하고 천지공도天地公道에 기초한 것으로서 '만국공법萬國公法'을 기본으로 작성한 것입니다. 일체의 사사로운 감정들을 배제하였습니다."

이에 통역관 우라세가 조약안을 펴고 매 조항을 설명한다. 우라세는 어제저녁에 일본어의 어려운 부분을 김인승, 유병모에게 문의하여 예습해 두었기 때문에 거침없이 유창한 한국어로 번역해 나갔다. 여기서 『만국공법』이란 헨리 휘튼Henry Wheaton의 『국제법 입문Elements of International Law, 1836』을 말한다. 이를 미국 선교사 윌리엄William A. P. Martin, 丁韙良이 중국어로 번역1865해서 청국의 동문관同文館에서 출판한 적이 있다. 일본에서는 이것을 같은 해에 일어로 중역하여 개성소開成所에서 복각판이 나왔고, 각 번에서도 일어 번역이 행해졌다. 세상에 있지도 않은 국제법에 대한 입문서가 아무것도 모르는 조선인을 협박하는 데는 유효한 자료로 등장하였다. 이노우에가 거만하게 신헌을 보며 말한다.

"모르는 것이 있으면 질문해 주시기 바랍니다."

"한문으로 번역해서 보여 주시기 바랍니다."

신헌은 어떤 말을 더 하려다가 위아랫입술이 눌리게 입을 꾹 다물었다. 무슨 큰 것을 삼켰다는 것을 보여 주듯 목울대가 꿈틀 움직였다. 그 삼킨 말은 분명하다. 조약안을 내보이려면 최소한 한문으로는 써 와야지 그게 뭐요, 조선을 뭐로 보는 게요, 하고 쏴붙이는 말이겠지만 위축될 대로 위축된 신헌의 상태로는 도저히 그런 말은 입 밖에 낼 수가 없는 상황이었다. 그는 일본이 두려웠다. 앞에서 겨우 회오란 말이 적합지 않다는 반박을 하긴 했지만, 그때 벌써 신헌의 용기는 소진되어 버리고 말았다. 이를 눈치 챈 이노우에가 자신 있게 말한다.

"방금 번역해서 읽어 드렸으니 그것을 받아쓰면 될 거 아닙니까?"

이노우에의 눈길은 매서웠다. 그는 눈길만 매서운 게 아니라 말꼬리도 비틀리며 차올라 가고 있었다. 일부러 성깔 묻어나는 눈길로 신헌을 꼬나본다. 이에 신헌이 위축된 듯 말한다.

"통역관이 번역해 주어서 대강의 뜻은 알겠습니다만 경사에 자세한 보고를 하려면 아무래도 한문이어야만 되겠습니다."

"조금 후에 훈도를 저희들의 숙소에 보내 주시면 이 원본을 설명해 드릴 테니 그것을 받아쓰라고 하세요."

이노우에의 이 말은 차라리 면상을 후려치는 주먹질이었다. 기선을 잡았다는 자신감과 함께 비웃음 가득한 멸시로 구로다보다도 오히려 더 오만방자함을 즐기고 있었다. 신헌이 겨우 한 마디 한다.

"그러면 조금 후에 훈도 등을 차출하겠습니다."

여기까지 이야기하고 일단 한숨을 돌리고 있었다. 조선

측 대표들은 고개를 숙임막하고 눈을 좌우로 칩떠 보며 일본 측 대표들의 기색을 살폈다. 저쪽에서 시종일관 회담을 관망하던 외무대승 미야모토가 입술 씰그러지는 웃음을 씨익 떠올리다가 금방 거두어들인 모습이 슬쩍 비추었다.

2

눈치 빠르고 영리한 야수의 눈을 번뜩이던 구로다는 어쩌면 '카미사마'는 이렇게 자기 편만 들어주는지 마음속으로 손을 모아 합장하고 감사하였다. 이때 고삐를 늦춰서는 안 된다고 생각한 구로다가 재빠르게 덧붙였다.

"종래로 양국의 정의가 화합하지 못한 요소를 제거하기 위하여 본 조약을 체결하여 관인을 찍어 교환함으로써 영원히 준수한다는 증거로 삼아야 합니다. 이것이 바로 저희 텐노 폐하께옵서 본 대신을 파견한 취지입니다. 이 규정에 대하여 직접 대답을 할 수 없다면, 의정을 맡은 분 중에서 전권을 가진 대신이 새로 오든가 아니면 귀 양 대신께서 다시 위임을 받아오든가, 어느 쪽이어야 합니다."

할 말을 마친 구로다는 잦바듬한 자세로 눈을 내리떠보며 구렁이처럼 몸을 사리고 있었다. 신헌과 구로다의 대담이 이어진다.

"알겠습니다만, 우리들이 귀국과 구호를 계속하고자 함은 만사를 구격에 좇아서 처리하고자 하는 마음이 있습니다. 그런데 본 조약의 초안을 보건대 신규 조항이 많아서 우리가 마음대로 결정하기 어렵습니다. 먼저 대의를 경사에 상주한 연후에 이 조약의 초안을 정하는 순서가 되어야겠습니다. 우리나라의 예격으로는 설령 영의정이 온다 해도 단독으로 결정하지는 못합니다."

"종전의 소씨와 관행으로 시행해 오던 것은 당신들과 우리가 조약을 맺은 것이 아니기 때문에 결단코 영원한 안정을 기할 수 있는 것이 아닙니다. 지금 이 조약은 천지의 공도에 기본을 두고 『만국공법』에 의하여 완성된 것이며 더욱이 인국隣國의 교제에 있어서는 빼놓을 수 없는 요긴한 내용들을 담았습니다. 그런데도 불구하고 꼭 경사에 주청한 연후에야 조약을 맺겠다고 한다면 귀 조정에서는 구호를 계속할 뜻이 없다고 볼 수밖에 없지 않습니까?"

"우리나라는 종래로 귀국과의 교제가 있었을 뿐 다른 외국과의 통상이 없었기 때문에 『만국공법』이란 것은 생소합니다. 우견愚見으로는, 조선은 아주 가난한 나라로 물산이라고 해보았자 무명이나 우피 정도입니다. 여러 곳에 개항한다고 해도 별 이익이 없을 것입니다. 이것은 제 사견입니다만, 좌우지간에 경사에 주청하지 않고서는 어떠한 답변도 드릴 수가 없습니다."

"그렇게까지 한다면 하는 수없이 귀 조정의 대답을 기다릴 수밖에 없네요. 그런데 이 초안 안에는 종전에 썼던 조항도 많아서 각별히 시간을 소요할 필요가 별로 없습니다. 시일은 필수적으로 정해야 합니다. 조정에 주청하여 회답을 듣는다고 했는데 내 생각으로는 두 대신 중 한 분이 상경하여 주청을 드리되 5일 이내에 가부를 결정해 주시면 감사하겠습니다."

부러지도록 분명한 구로다의 기일 제시에 신헌과 윤자승은 자기도 모르는 사이에 동시에 몸을 움찔하였다. 신헌이 어렵게 말을 한다.

"경사에서 중원이 회집하여 협의를 끝내려면 5일로는 무리입니다. 우리 두 사람이 상경하여 일을 순조롭게 처리한다 하여도 그 기일을 맞추기는 어렵습니다."

"온 힘을 다해 노력해야지 개별 조항을 놓고 미리부터 기일을 점치고 있는 것은 필시 기일을 지연하겠다는 속셈 아닙니까?"

“설령 시일을 정하지 않는다고 해도 결코 등한시할 리는 없습니다. 온 힘을 다해 처리하려고 생각합니다만 시일을 꼭 정해야 한다면 아무래도 10일은 필요합니다.”

5일을 10일로 변경하는 것을 본 구로다의 얼굴은 쓴 약을 한 사발 들이마신 것처럼 구겨진다. 그러나 그것은 일부러 지어 보인 인상이고 실은 구로다 자신이 잘 알고 있었다. 이런 중대한 일을 결정하려면 10일도 부족하다는 것을. 그러나 결론은 나왔다. 조선 측에서 자기 입으로 기일을 말하였으니 이제부터는 5~10일 사이에서만 당겼다 늦췄다 하면 되는 것이었다. 구로다가 결연히 말한다.

“그러면 내일부터 7일의 시간을 드릴 테니 회답해 주시기 바랍니다.”

“중신들의 뜻을 모아서 국왕께 주청드리려면 최소한 10일은 있어야 합니다.”

“귀 대신이 상경하려면 선박편의 사정도 있을 것입니다. 저희 빠른 보트를 빌려 드리겠습니다. 그러면 7일이면 충분합니다.”

“보트를 빌려 주신다면 걱정을 덜 수는 있으나 그래도 7일로 못박았다가 사정이 여의치 않을 수도 있기 때문에 아무래도 10일은 되어야겠습니다.”

"아무리 그쪽 사정이 있다고 해도 7일이면 충분합니다."

"경사에서 회답을 7일 이내에 해줄지는 의문입니다. 만약 기일을 어기면 서로 안 좋은 일이 벌어질 수 있기 때문에 10일로 해주시지요."

조선 측에서 이제 시일 문제로 사정하고 있는 상황이 되자, 옆에서 듣고 있던 이노우에는 기회를 포착하여 옆으로 가늘게 째진 날카로운 눈을 치켜뜨더니 기계음 같은 한 마디가 터져 나왔다.

"지금 시일 문제로 왈가불가하고 있는데 도대체 그 시일이란 것이 조약에 관인을 찍어 완결하는 시일입니까, 아니면 귀 조정의 가부를 듣는 시일입니까?"

그 말을 듣고 윤자승이 대답한다.

"우리는 전권을 위임받은 사람들이 아닙니다. 원래는 경사에 주청하여 가부만 듣는 데도 10일은 필요합니다. 가부의 회답만 해도 우리가 상경하든지 급사急使를 파견하든지 할 것인데 그 중에서도 왕복의 시일을 빼야 하기 때문에 어차피 10일은 필요합니다."

구로다가 윤자승을 보고 자비를 베풀듯이 말한다.

"어어! 알았습니다. 그렇다면 귀측의 의견을 존중해서 조약에 관인을 찍어 완결하기까지의 시일을 10일로 하겠습니다. 만약 그 시일까지 회답이 없을 경우에는 말씀드린 대로 본 대신은 부득불 귀국할 수밖에 없습니다. 그러면 양국 간 교제의 사무는 모두 끝날 수도 있습니다. 명심하시기 바랍니다."

"조약안 가운데는 어떤 조항은 가하지만 어떤 조항은 불가할 수도 있습니다. 이 점 미리 말씀드립니다."

"우리들과 논변하여 가부를 결정한 것을 다시 일일이 경사에 품보해야 되는 겁니까? 만약 그렇다면 또 시일은 천연되어야 하기 때문에 아예 그럴 권한이 있는 사람을 모셔 오시는 것이 좋겠습니다."

"이 안건을 상주한 연후에 어떤 지시가 떨어질지는 예측하기 어렵습니다. 우리나라에서는 지금까지 전권대신을 임명한 예가 없습니다."

약간의 허점이 보이면 조선 측에서 엉덩이를 빼는 말을 할 수가 있다는 생각에 이노우에는 매서운 눈초리를 한 번 번뜩이더니 꽈배기 꼬이듯 뒤틀리는 말을 뱉어 냈다.

"그러면 하나하나를 다 국왕에게 주청하여 결정한단 말입니까?"

이 말에는 신헌이 대답한다.

"저희들은 의정부에서 평의評議한 의안을 국왕에게 제출

하여 결정하는 일은 흔히 있는 일입니다."

구로다는 김인승이 일러준 말을 상기하며 지금이야말로 겁을 줄 필요가 있다고 생각했다.

"지금까지 상담한 것처럼 일단 10일로 정했기 때문에 만일 기일을 어기고 회답이 없으면, 하는 일 없이 조선 땅에서 기다릴 수만은 없기 때문에 즉시 귀국할 것입니다. 벌써 5~6일 전에 본국으로부터 독촉하는 사신이 내항했습니다. 이 점 반복해서 일러두는 바입니다."

신헌은 일단은 응락할 수밖에 없었다.

"알았습니다."

이상 회담을 끝내고 일본 측은 일단 부수영 숙소로 모두 퇴각하였다. 조선 측 관헌들도 슬슬 일어나 자리를 떴다.

저녁때 현석운이 두세 명 관원을 대동하고 약속대로 조약문 차람借覽을 하기 위해 숙소를 방문하였다. 우라세, 김인승, 유병모가 그들을 맞이하고 조약문을 펴들고 우리말로 설명을 해준다. 현석운 등은 열심히 메모를 하고 되묻기도 한다. 김인승이 현석운에게 말한다.

"이번 담판이야말로 조선이 사느냐 죽느냐 하는 기로에서 있다는 것을 알아야 할 것이오. 어차피 조선은 어느 나라의 힘에 의하여 문호를 개방하여야 하무니다. 어느 누가 조선의 문호를 개방하고 조선의 독립을 인정할 것 같습니까. 청국은 철저하게 조선을 자기들의 번속藩屬으로 알고 종주국적 권리를 영원히 포기하지 않을 것입니다. 그렇다고 서구의 어느 대비자大鼻子가 진심으로 조선을 위할 것 같스무니까."

"우리도 그것을 알기 때문에 내심 이번 담판은 성공하기를 바라고 있소."

"이번 담판이 결렬되면 조선에는 아주 불행한 일이 일어날 것이오. 지금 시모노세키에는 '정한사무국'을 설치하고 대거 병력이 대기 중에 있소. 우리 대신이 조선의 무성의로 조약을 체결하지 못하고 귀국하는 날에는 즉시 그 병력이 출동하게 되어 있소. 그것은 구로다 기요타카 대신께서도 견제할 수 없는 일이무니다."

김인승은 구로다가 흘리라고 했던 그 말을 여기서 말을 보태 가며 흘린 것이었다. 김인승은 너무나 큰 것을 말해 버리고 말았다는 심정으로 유병모를 이윽히 건너다보았다. 유병모도 이번은 별 저항 없는 시선을 보낸다. 두 사람은 서로 눈을 마주치며 개국이라는 한 목표에 마음속 깊이 동의하고 있었다.

조·일·청의 고싸움

1

2월 13일, 담판 사흘째 되는 날이다. 오전 8시 30분에 니레仁禮 대좌가 구로다를 찾아왔다. 어제 오후 1시에 일본에서 시나가와 마루品川丸가 강화에 정박하고 있는 일본 함선을 위한 석탄과 식량 보급을 실어 왔다고 보고한다. 이 말을 듣는 순간 구로다의 머리는 아주 빨리 회전되었다. 니레를 가까이 불러 엄명을 내렸다.

"시나가와 마루가 도착했다는 것은 좋으나 석탄과 식량을 싣고 왔다는 말은 극비에 붙인다, 알았나?"

"넷!"

니레 대좌는 멋도 모르고 대답을 하였으나, 구로다는 다른 생각을 하고 있었다. 일본 정부에서 빨리 사명을 마치고 돌아오라는 독촉차 급파된 기선이라고 거짓말을 하여, 조약 체결을 빨리 서두르는 위협용으로 써야겠다는 교활한 생각이 머리를 스친 것이다.

이날도 같은 장소에서 거의 같은 인원이 역시 오후 1시 정각에 착석을 완료하기로 하였다. 위협 공갈도 기총 사격만 하지 않고 전날과 똑같은 수법이었다. 조선 측 대표들은 오늘은 또 어떤 간 떨어지는 일이 벌어질까 가슴을 쓸어내리며 착석을 완료했다. 구로다는 건장한 체구에 구레나룻 수염을 한 번 손으로 쓱 만지더니 이내 일어나 여유를 주지 않고 말을 이어갔다.

"우리 조정에서 특히 본 대신에게 명하여 귀국과 구교를 계속하고 화약을 성립시키라고 했다는 일들은 벌써 어제 말씀드렸고, 귀 대신과 담판을 거쳐 10일 한도로 귀 조정에서 결정하여 회답할 것도 약속했습니다. 그런데 한 가지 알려드릴 사항이 있습니다. 우리 조정에서 어제 기선을 파견하여 제물포에 도착하였습니다. 이 담판을 하루 속히 해결하고 귀국할 것이고, 만약 조선 측에서 일을 고의로 천연할 경우 담판을 중단하고 급히 귀국하라는 정부의 뜻을 전해 왔습니다. 이 점을 참작하셔서 귀 조정에서는 조약안을 급히 경성으로 운송할 것은 물론이며 반드시 10일 이내에 회답하겠다는 약속을 지키시기 바랍니다."

이 말을 듣고 신헌이 자기가 대답하지 않으면 안 된다는 것을 알고 입을 열었다.

"알았습니다. 조약안은 본 대신이 먼저 배견하였고, 우리 조정에서도 종전에 예규가 없는 사항은 속히 주청하라고 하였기 때문에 사방훈도寫方訓導에게 일을 지시하였습니다. 그러나 아직까지 등사가 다 끝나지 않았다고 해서 그 상황을 급히 경성에 품보하였습니다."

"훈도를 숙소에 보내 주시면 이 안건을 분명히 설명해 드리기로 했고 훈도는 그것을 서기書記하기로 어제 분명히 약속했습니다. 귀 대신은 절대로 위약해서는 안 되는데도 아직까지 매우 성의 없게 일을 처리하셨습니다. 이미 결약한 일을 지금까지 미적미적하고 있다는 것은 심히 유감스러운 일이 아닐 수 없습니다. 어제 제물포에 내항한 기선은 본 대신이 동경을 출발할 때 남겨 놓은 의장병의 일부를 태우고, 전적으로 본 대신의 사사使事를 독촉하기 위하여 본국에서 파견된 것입니다. 속히 일의 결말을 지어 양국의 우호를 영원히 계속하게 해주시기 바랍니다."

구로다는 이제는 '의장병의 일부'가 따라왔다는 거짓말까지 슬쩍 삽입하였다. 신헌은 그 말만 들어도 오금이 저렸다.

"초안을 베껴 오라고 본 대신이 급히 사람을 보냈는데도 지시한대로 되지 않았기 때문에 경성에 정식 품보하는 일이 지연되었습니다. 다시 엄중히 일러서 속히 필사하도록 시키겠습니다. 그런데 이 초안의 필사본을 경성에 차송差送하는 데는 반드시 원본을 보내라고 할 것입니다. 그래도 사방寫方 건은 급히 사람을 보내 처리하도록 하겠습니다."

신헌이 그 자리에서 현석운, 오경석에게 필사를 지연한 데 대하여 크게 힐책하자, 두 사람은 아직까지 명을 제대로 이행하지 못했음을 시인하며 고개 숙여 사죄한다.

이에 구로다가 숨통을 바짝 죄듯이 한 번 더 강조했다.

"조약안을 역관에게 시켜 필사하여 즉시 경성에 보고하는 수순을 밟아 주시기 바랍니다."

우리 측이 궁지에 몰린 듯하자 윤자승이 받아 말했다.

"역관을 본 양 대관이 차출할 것이며 경성에 급히 품보하도록 하겠습니다."

이에 구로다는 윤자승을 보고 말했다.

"역관이 직무상의 명을 받들고도 베껴서 번역하지 않아도 되는 겁니까?"

"초고를 베끼는 것은 역관의 의무입니다. 때문에 숙소에 가서 베껴 오라고 명했지요."

"트집을 잡으려는 것은 아닙니다만 역관은 베껴 오라는

취지의 명을 받았다면 직업상으로라도 숙소에 가서 베껴서 지금쯤 그것을 다 번역했어야지요."

"그 취지는 본 대신이 명했습니다. 그러나 어제저녁은 이것저것 경성에 품보하여야 할 일이 있어서 서류를 챙기는 일이 상당히 많았습니다."

"어제 귀 조정의 결답決答을 7일 이내에 해 달라고 말씀드렸는데도 귀측에서 10일로 해 달라고 간청하였기 때문에 10일로 기한을 연기까지 해드렸습니다. 그런데 앞에서 말씀드린 대로 우리 정부에서는 독촉하고 있습니다. 만약 지연하고 이 기한을 천연한다면 우리 국내 사정이 여의치 않으며 우호를 보전하기 어렵다고 볼 수밖에 없습니다. 만약 정말 그렇게 된다면 우리 텐노 폐하께옵서 본 대신에게 명하신 구교를 계속하고 친목을 돈독히 하여 양국 인민의 안녕을 보존하라는 성지聖志를 관철하기 어렵습니다. 어서 귀국의 왕을 만나보고 담판을 잘 이룰 수 있게 조처하여 주시기 바랍니다."

이제 구로다는 완전히 기선을 잡았다는 듯이 숫제 명령조로 말했다. 신헌이 급히 대답했다.

"자세한 사정 잘 알았습니다. 귀 조정에서 또 기선을 파견할 정도로 귀국 내정이 절박하니 화약의 결말을 독촉한다는 뜻을 우리 조정에 즉시 상주하겠습니다."

"이러한 차제에 귀 조정에서 기일 내에 결답이 없어서야 되겠습니까. 다시 한 번 말하건대, 혹 조회한 조약안이 실제 상호 교환되지 않는다면 양국의 우호는 영속되기 어렵습니다. 그렇게 될 경우 결단코 귀 대신들은 평화시는 저와 얼굴을 마주치기 어려울 것입니다."

이는 조약 체결이 안 되면 즉시 무력 공격을 하겠다는 뜻의 직접적인 말이나 다를 바 없었다. 이제 구로다는 공갈 협박을 여반사로 하고 있었다. 처음에는 일국의 대표에게 이런 협박을 해도 되나 하고 시험 삼아 던져 보았으나, 조선 측에서 천길만길 뛰지도 않고 겁에 질려 있는 모습이 역력하자 점점 도가 더해지고 있었다. 또 했던 공갈 협박을 다시 반복하기도 하였다. 윤자승이 구로다에게 말했다.

"분명히 알아들었습니다. 상주하는 건은 우리나라 사정도 있습니다. 그래도 경보京報를 얻은 후에 성심성의껏 담판에 임하겠으며, 조약안을 입수하여 급히 사방의 조치를 취하게 하겠습니다."

"오늘까지 담판에 임하는 뜻은 전적으로 양국의 우호와 안전을 우선으로 한 것이며, 서로 협력하여 천지신명께 서약하고 우호를 영속할 수 있도록 하기 위한 것입니다. 그러나 만일 조약을 서명 날인하지 못할 경우에는 교린은 단절될 수밖에 없으며 양국의 안위도 예측할 수 없습니다. 황국에서 군대를 계속 보내겠다고 하는데도 우호의 본 취지를 살리기 위하여 본 대신이 극구 말리고 있습니다. 그러나 군대가 아직까지 둔취屯聚하여 해산하지 않고 있으니 만약 우호를 잃는 처지에 이른다면 틀림없이 군대가 조선에 상륙할 폐단이 생길 것입니다. 그런데 제물포에 도착한 기선 시나가와 마루는 의장병중 일부가 도착한 것인데, 그 중에 상당수만 상륙하여도 지방관은 감당할 수 없을 만큼 번잡할 것입니다. 그래서 본 대신이 일체 상륙하지 못하도록 엄명을 내렸습니다. 우리 조정에서 왕정 유신을 시작했다는 글을 귀국에 보내 통지하였고, 귀국은 그것을 배척했는데 어떻게 배척했는지 그 자초지종을 모리야마가 어제 자세히 설명해 드렸습니다."

윤자승이 말한다.

"어제부터 잘 알고 있습니다만, 그 문건을 배견케 해주십시오."

이상 회의는 오후 3시에 폐회하고 사역원 당상관 오경석과 훈도 현석운을 숙소로 보내 조약안을 필사하게 하였다. 숙소에는 미리 훈령을 받고 김인승과 유병모, 그리고 우라세浦瀨, 아라카와荒川가 기다리고 있었다.

오경석이 김인승에게 말했다.

"대신의 명을 받고 조약안을 필사하러 왔습니다."

"기다리고 있었습니다. 그렇지 않아도 필요할 것 같아서 내가 어제저녁부터 이를 한문으로 번역하여 보았스무니다."

"그렇다면 저희들의 많은 수고를 덜게 해주신 것입니다. 스기모토김인승 씨는 제가 보기에 역관 중에서 조선어가 가장 완벽한 것 같습니다."

"천만에요. 이 분들도 훌륭한 역관들입니다. 저는 어려서부터 대마도에서 저의 가업을 이어받은 것뿐입니다."

이번에는 현석운이 말한다.

"저희들은 왜어를 이처럼 완벽하게 해독하지 못합니다. 번역까지 해주시니 감사하기 이를 데 없습니다. 한문은 또 어떻게 이렇게 능숙하신지 놀랍습니다. 이 달필하며……."

"대조해 보시고 의심나는 데가 있으면 질문해 주시기 바라무니다."

"제가 보기에는 완벽한 것 같습니다만, 한 가지, 전문에 일본은 '대일본국'이라고 돼 있는데 조선은 '조선국'이라고만 되어 있고, 일본은 '대일본국 황제폐하'로 되어 있는데 조선은 '조선국왕 전하'로 되어 있는데 괜찮을지 모르겠습니다."

"그런 것은 얼마든지 조정이 가능합니다. 저도 번역하기 전에 구로다 대신께 일일이 질의하였습니다."

"제1관은 조선이 자주지방自主之邦으로 되어 있는데 청국에서 알면……."

"그런 것은 일개 훈도가 할 질문이 아닙니다. 번역상의 하자가 없다면 그대로 들고 가세오."

김인승은 현석운을 곱지 않은 눈으로 쏘아보며 볼륨을 높였고, 이에 발맞추어 일본의 네 명의 역관이 동시에 조선 측 두 명의 차사를 약속이나 하듯이 노려보았다. 집사청에서는 대표들의, 숙소에서는 역관들의 기싸움이 이어지고 있었다.

2

베이징 교외 바오띵保定의 리훙장의 저택 응접실에서는, 백전노장인 청나라의 실권자 리훙장이 중국식 창파오長袍를 입고 방금 따라 놓고 간 향기 짙은 룽징차龍井茶로 입을 적시고 있다.

태평천국의 난을 평정한 것은 한족 지방 세력인 정궈판曾國藩의 상군湘軍과 리훙장의 회군淮軍이었다. 리훙장의 회군은 그의 고향인 안휘성 출신들을 중심으로 구성되었고, 정귀판의 상군보다는 소수이나 서구식 신식 무기로 무장하고 외국인에 의해 훈련되어 있었기 때문에 당시 청에서 가장 강력한 화력을 보유하고 있었다. 태평천국 후 리훙장은 북양대신 겸 직례直隷총독이 되어 실제 가장 큰 영향력을 발휘하고 있었으며 조선은 리훙장의 관할 구역이 되어 있었다. 그는 집무실인 텐진에 있지 않고 대개 베이징에 머물러 그의 저택이 베이징 집무실 역할을 하고 있었다.

리훙장의 맞은편에는 하이칼라에 양복, 조끼까지 차려입고 하늘색 넥타이를 맨 리훙장과는 너무나 대조적인 한 젊은이가 앉아 있다. 그는 온몸을 영국제 최신 스타일로 장식하고 얼굴에 묘한 웃음기를 띠고 리훙장을 보고 있었다. 50대 중반의 리훙장은 콧수염과 턱수염은 자연 그대로 손질만 하였고 ,부드러운 눈매에 중국 전통 사대부의 먹물 냄새가 풍기고 있다. 맞은편의 29세의 젊은이는 구레나룻이 얼굴을 가리고 콧수염 턱수염을 길러 허세를 부렸는데, 턱수염이 밑으로 덩이지게 내려서 얼굴이 더 길게 보였다. 눈매는 매섭고 안에 품은 바 뜻이 분명한 눈초리다. 그는 중국인이 가장 두려워하는 양귀자洋鬼子를 일부러 흉내 낸 차림이다.

그 젊은이는 갓 청국 주재 일본공사로 발령받은 모리 아리노리森有禮였다. 젊은 나이에 외무대보를 하다가 이번에 강화도 담판에 앞서 가장 중요한 대 청국 외교를 해결하러 파견된 인물이었다. 그는 며칠 전인 1876년 1월 11일에 총리아문총서에 가서 공친왕 이신奕訢을 만나 국서를 전달했고, 지금동년 1월 24일강화도 담판에 즈음하여 불철주야 임무를 수행하고 있는 중이었다. 양쪽에 약간 떨어져 리훙장의 비서 마지엔중馬建忠과 일본 공사관 서기관 정융닝鄭永寧이 의자에 앉아 필기 준비를 하고 있었다. 리훙장이 이들을 훑어보고는 입을 열었다.

"근래 귀국의 메이지유신은 아주 잘한 일이라고 생각합니다. 단 귀국이 정통 의복을 바꾸고 서양식을 모방한 것은 이해할 수가 없군요."

리훙장은 그 복장이 뭐냐는 식으로 모리의 모습을 못마땅하다는 듯이 바라본다. 모리는 그 말이 나올 줄 알았다는 듯 즉시 받아쳤다.

"그 이유는 아주 간단합니다. 잠깐만 거기에 대해서 설명을 드리겠습니다. 우리나라의 옛날 의복은 각하께서도 아시다시피 넓고 편해서 무사안일한 사람에게 적당하지만, 일을 많이 하는 근면한 사람에게는 전혀 맞지 않습니다. 때문에 옛날 의복은 과거의 상황에 맞고 현재의 상황에는 전혀 맞지 않습니다. 지금 구식을 신식으로 바꿔서 우리나라에 얼마나 큰 이익이 되는지 모릅니다."

"그러나 예부터 내려오는 의복을 입는 것은 조상의 유지에 대한 추모에 해당함으로, 자손된 사람은 마땅히 이를 존중하고 만세까지 보존하여야 옳은 것 아닙니까?"

"그렇지 않습니다. 우리 조상이 지금 살아 있다 해도 틀림없이 현재의 우리와 같이 했을 것입니다. 지금으로부터 천년 전 우리 조상이 귀국의 의복이 지닌 우수한 점을 보고 곧 받아들였습니다. 그러나 지금은 서양 의복이 우수하다는 것을 알고 또 곧 받아들인 것입니다. 무슨 일이든 다른 나라의 장점을 잘 배우는 것이 우리나라의 좋은 전통입니다."

모리 아리노리는 일본 최초의 서양 유학생 중 한 사람으로서 런던대학에 유학했다. 메이지유신 뒤 귀국하여 신정부에 등용되었으며 의회 교육제도 조사관 등을 역임한 뒤 미국의 대리공사로 부임했다. 1873년 후쿠자와 유키치福澤諭吉를 비롯한 당시 일본의 최고 지식인 15명과 함께 소위 메이로쿠샤明六社를 결성하여 서양 사상을 보급하는 데 앞장섰다. 그는 '영어 공용화론'을 주장하여 일본에 엄청난 반향을 일으키고 공감을 받았는데, 그는 한 걸음 더 나아가 '일본 인종개조론'까지 주창하였다. "아예 일본어를 없애고 영어를 국어로 삼자!"고 하는가 하면 "일본 청년들은 미국으로 가서 미국 여성과 결혼한 후 일본으로 데려와 체력과 지력이 우수한 백색 혼혈아를 낳아 그를 바탕으로 일본 인종을 개량하자!"고까지 하였다. 지금 생각하면 일본인도 웃음밖에 나오지 않을 일이지만 그때는 최고의 선각자로 추앙받았다. 당시 일본은 영어를 하고 서양 열강처럼 되는 것이 오매불망 꿈이었기 때문에 오히려 그를 모두 선망하고 있었다.

조선을 손아귀에 넣으려는 일본 입장에서 가장 큰 문제는 조선이 청의 속국이냐 독립국이냐 하는 문제였다. 청의 속국이라면 문제는 복잡해진다. 기어코 조선이 독립국이란 말을 청으로부터 받아 내든가, 독립국이란 말이 너무 강하면 자주권이 있는 나라自主之邦라는 말 정도는 받아 내지 않으면 안 되었다. 동물의 세계에서 포식자가 새끼 누를 잡아먹기 위해서는 어미 누 떼에서 일단 떼어 내야 하는 원리이다. 이것이 모리의 임무였다.

모리는 리훙장을 무시하는 태도로 말을 꺼냈다.

"우리나라와 중국의 화약和約, 청일수호조규은 당신이 체결하셨습니까?"

"그렇소. 나와 귀국의 이따伊達宗城, 이따 무네나리 대인이 상정商定한 것이오."

"고려와 인도는 다 같이 아시아에 있지만 중국의 속국이라고는 말할 수 없지 않습니까?"

"인도는 그렇다쳐도 고려는 천자天子의 신민인데 어찌 속국이 아니란 말이오?"

"전에 고려가 능히 근수謹守하고 외국과 상통하지 않을 때는 그런대로 귀여운 나라였으나 지금은 밉습니다."

"기왕 귀여워했다면 가서 그들을 어지럽히지 마시오. 일본은 대국이니 소국을 포용해 줘야 하지 않겠소?"

"조약청일수호조규에 비록 소속 방토라는 말이 있지만 말이 애매하며 고려가 속방이라고 분명히 기재한 적은 없습니다. 일본 신민은 모두 중국의 소속 방토란 18성을 가리킨 말로 알지, 고려가 중국의 소속 방토 안에 들어간다고는 여기지 않습니다."

"장차 수약시修約時에는 소속 방토의 자구 밑에 18성 및 고려·유구를 첨가해 써야겠군요."

여기까지 기싸움을 하자 옆에서 정서사鄭署使, 鄭永寧가 끼어든다.

"총리아문과 족하리홍장가 방법을 강구하여 지금 고려가 일본 사신을 접대하게 해줘야겠습니다."

"나는 일본에 권고하건대 이번 건강화도 담판은 천천히 의논

하는 것이 좋겠습니다. 1, 2년 기다려서 피차 노기怒氣가 가라앉은 다음에 다시 통호通好해도 늦지 않다고 생각합니다."

그러자 모리가 즉시 받아친다.

"서양인이 말하기를 일본인은 일을 처리하는 데 성질이 너무 급해서 탈이고 중국인은 성질이 너무 느려서 탈이라고 하더니, 급성急性이 완성緩性을 만나니 참으로 답답하기 그지없군요."

리훙장과 모리의 담판은 아무런 결론을 얻지 못하고 양측의 주장을 확인하는 데 그쳤다. 리훙장 역시 속국에 대한 전통 관념에서 벗어나지 못하고 다만 조선의 안전을 바랄 뿐 조선에 대한 종속 관념은 총리각국사무아문총서 궁친왕恭親王, 공친왕 이신奕訢과 마찬가지로 추호의 타협의 여지가 없었다. 모리가 총서에 조회했을 때 이신이 보내온 회신은 다음과 같은 것이었다.

조선은 본래부터 앞뒤를 재며 겨우 제 몸을 추스른 처지였다. 우리 중국은 그들에게 자치를 맡겼고, 중국인이 그들의 교섭에 관여하지 않았다. 그들은 분수에 맞게 행동하기 때문에 무리할 필요없이 이치로 헤아려 왔다. 조선은 반드시 홀로는 귀국과 불편한 관계를 맺지 않을 것이다. 지금 앞의 일로 귀국이 사신을 파견하여 양국의 화목을 꾀하고 분쟁을 없애려는 것은 잘 알고 있다. 그래서 이번에 귀 대신이 중국과 화친하기 위한 상세한 뜻을 전해 왔으니, 우리 두 나라는 반드시 수호조규를 지켜서 변함없는 친목을 도모하자. 중국은 원래부터 조선의 정사에 강제로 관여하지 않았지만 그 안전을 바라지 않을 수 없다. 청일수호조규를 끝까지 지켜 속방을 서로 침월하지 말 것을 본 왕대신은 간절히 바란다.

지구를 두 바퀴나 돌았다며 자처하고 국제법에 능통한 모리로서도 총리아문의 일관된 종속 관념에 대하여 어떻게 할지 결심을 내리지 못하고 있었다. 그런 차에 청일수호조규를 직접 체결한 장본인인 리훙장과의 대담을 통해서 총리아문과 리훙장의 대한對韓 종속 관념은 일치한다는 것을 알았고, 또 그것은 소위 국제법의 원칙과 많은 점이 모순된다는 것도 발견하였다. 여기서 모리는 당초 예상했던 사명은 도저히 달성할 가망이 없다는 것을 알고, 이제야말로 적당한 시기를 보아 일본 정부의 입장을 천명하고 총리아문과의 교섭을 단절하는 것이 현명하다는 것을 느꼈다.

리훙장과의 담판 후에도 모리는 총리아문과의 담판을 계속한다. 전번 모리의 조회에 대하여 총리아문은 "조선이 중국에 속한 땅의 하나라는 것은 중국이 자임自任하는 바이다."라고 하자, 모리는 다시 "소위 중국이 '자임한다'라고 하는 말은, 말이 너무 짧고 애매하다."고 단서를 잡고 논쟁을 벌인다. 여기에 대한 총리아문의 회신은 "그 세금을 받는 일이나 정령政令을 갖추는 일은 조선이 스스로 하지만 그 땅이 청의 속방이란 것만은 사실이다."라는 이전과 대동소이한 말을 되풀이한다. 여기서 모리는 드디어 최후로 다음과 같이 결론을 지어 총리아문에 통고한다.

그 내외 정령을 모두 자주적으로 하는 것은 우리나라일본도 마찬가지이다. 그런 까닭에 그 나라의 자주적 정령을 제외한 귀국과의 사리를 우리가 관심을 가질 필요는 없다. 귀국도 조약 중의 '침월侵越' 등의 자字를 인용할 필요가 없다. 지금 우리나라에서는 벌써 흠차대신欽差大臣을 조선에 파견하였으니 그 일이 잘 성사되리라 낙관하는 바이다.

즉 조선의 내외 정령이 모두 자주였다면 자주국으로 인정할 수밖에 없다. 그러기 때문에 이제부터 조선과 중국 간의 관계를 무시하겠으니, 중국도 청일수호조규의 속방 운운을 끌어들이지 말라는 것이다. 그리고 일본은 벌써 전권대신구로다 일행을 조선에 파견하였으니 조선과의 조약이 맺어질 것으로 안다는 것이다. 이 조회照會가 중일의 조선에 대한 속방 여부 논쟁의 최후이고, 다음에 총리아문이 모리의 통고를 받은 것은 2월 27일자로, 본국 외무성으로부터 받은 '아我 2월 27일, 이여조선 정정화약已與朝鮮訂定和約'이라는, 이미 조선과 '강화도 조약'이 체결되었다는 것을 알려 온 것이다.

리훙장은 첫날 모리가 다녀간 뒤 직감적으로 아시아 정세의 흐름을 예측할 수 있었다. 인도는 일찍이 영국의 지배하에 들어간 지 오래고, 네덜란드는 인도네시아를 식민지로 확보했으며, 영국이 말레이반도를 식민지화하였다. 또한 불란서는 베트남을, 미국은 필리핀을, 러시아는 조선을 노리고 있다. 조선이 러시아의 식민지가 되기보다는 차라리 일본의 식민지가 되는 것이 더 낫다. 또한 잘만 하면 식민지가 아니고 청국이 힘을 가하여 완전 식민화는 막을 수 있다. 다른 서구 열강은 각자 식민지 경영에 바빠서 조선에 대하여 적극적으로 여력을 쏟을 나라가 없다. 그런데, 그런데 말이다. 조선이 청국 하나만을 끝까지 대국으로 섬겨 주는 것은 감사하기 이를 데 없다. 하지만 아아, 안타까운 미련한 조선이여, 세계를 내다볼 줄 알아야지 청국 하나만 대국으로 믿으면 너희는 망하고 만다. 전에도 명나라는 망해 버리고 없어서 중국인도 모두 청을 섬기는데 오직 조선만이 명을 섬기고 있었지 않았는가? 너희들은 이 뒤로도 그 미련한 정치를 또 할 것 아닌가? 답답한 조선인이여.

원래 한문화漢文化란 흉측한 괴물이었다. 그 한문화, 한자가 들어가기만 하면 그 나라의 문화는 완전히 파괴되어 버리고 말았다. 중국에 55개 소수 민족이 있다는 것은 그 55개 민족의 문화를 완전히 파괴해 버린 흔적인 것이다. 원래 그 민족들은 피도 언어도 다른 완전한 독립된 민족들이었다.

알고 보면, 중국의 천조사상天朝思想은 그때까지 오직 조선 한 나라가 인정해 줬을 뿐이었다. 제후국들에게 요구하는 일 년 사공一年四貢의 조공을 지키는 나라는 조선밖에 없었지 않은가? 유구琉球 같은 나라도 겨우 2년 1공, 월남도 2년 1공, 남장南掌, 라오스은 10년 1공, 섬라暹羅, 샴는 3년 1공, 면전緬甸, 미얀마이 10년 1공이었다. 다른 나라는 조공을 안 바치고 뭐하느냐고 호통을 치면 마지못해 2년에 1번이나 10년에 1번 조공을 바치는 것이 고작인데, 조선만은 '1년 4공'을 단 한 번도 거른 적이 없었다. 거른 적이 없을 뿐만 아니라 중간에도 사은사謝恩使, 주청사奏請使, 진하사進賀使, 진위사陳慰使, 진향사進香使 등의 이름을 만들어서 중국을 왕복하였다. 황태자의 탄신일이다, 공주의 생일이다, 황후의 환갑이다,

옹주마마의 쾌차를 축하하기 위하여 중간에도 뻔질나게 드나들고 왕이 등극하면 허가를 받으러 가고 왕후를 책봉해도 허락을 받으러 갔다.

이번에도 명성황후가 낳은 아들 이척李拓, 순종황제의 세자 책봉해야 한다는 절박한 임무를 띠고 주청사가 파견된 것이다.

"오오, 이제는 좀 그만 오라고 하여라. 이번에는 또 왜 왔다고 하더냐?"

서태후西太后는 이맛살을 찌푸리며 또 귀찮은 일이 생겼다는 듯이 신경질적으로 내뱉었다. 서태후는 어린 광서제光緒帝를 대신하여 노대老大 청국의 모든 황권을 대신하고 있었다.

"이번에는 영의정까지 한 이유원李裕元이 주청사로 왔다고 합니다."

"아이쿠! 이번에는 좀 큰 것을 부탁하려는 모양이구나."

"조선의 세자 책봉 문제라고 합니다."

"알았다. 그렇지 않아도 일본의 푸따오副島 공사로부터 말은 들었다. 그런데 조선의 세자 책봉에 웬 일본 공사인고? 하여튼 내가 알아서 할 테니 회사回謝나 서운치 않게 해서 보내라. 알겠지만 회사는 조공품보다 많아야 한다."

세자 책봉 주청사로 파견된 이유원은 명성황후의 특별 부탁을 받고 부산에서 조선과 국교 교섭을 위해 머물러 있던 일본 외무대승 하나부사 요시모토花房義質를 통하여 청국에 주재하고 있는 일본 공사 소에지마 타네오미副島種臣로 하여금 조선의 세자 책봉 문제가 잘 해결되도록 청국 황제에게 진언해 달라는 청탁을 하게 된다. 조선과 운요호사건, 강화도 담판 문제가 급한 일본이 이 기막힌 부탁을 거절할 리가 없었다. 일본 덕분에 이 일은 쉽게 진행되자 이유원은 청나라 사신으로 들어가 목적을 달성하고 명성황후의 친자 이척을 세자로 책봉하는 데 성공한다. 하마터면 대원군의 책동으로 귀인 이씨가 낳은 완화군完和君이 세자로 책봉될 뻔하였다.

대원군이 물러난 뒤 조정은 명성황후의 체제로 바뀌었다. 영의정에 이유원, 좌의정에 대원군의 형 이최응, 우의정에 박규수가 임명되고 조두순이 원훈의 예우를 받는가 하면 조영하, 김병국 등이 중용되었다. 특히 이유원, 이최응, 박규수는 번갈아 가며 영의정·좌의정·우의정을 하였으며 소위 개국 3재상이라 불렀다. 명성황후의 최측근으로는 민승호와 민규호가 손발처럼 움직였다. 그런데 이번 세자 책봉의 공로로 이유원은 더욱 신뢰를 얻게 되었다. 대원군과 가까운 운변 인물雲邊人物이라면 중앙 정계는 물론 운현궁의 사인과 지방 방백까지도 불이익을 당했다. 원래 이유원은 이항

복의 후손인데 탐관오리로 유명한 인물이다. 한양에서 80리 떨어진 양주 가오곡에 살고 있었는데 서울에 나들이 갈 때는 자기 땅만 밟고 다닐 정도로 부자였다. 세간에서는 그를 '소론 갑부'라고 불렀다. 전에 대원군이 그를 중용하기 위하여 불렀으나 이유원은 마침 지방 수령이 봉물과 함께 보내 준 꽃 같은 동녀童女를 끼고 해가 중천에 뜨도록 일어날 줄을 모르고 있었다. 밖에서 나인의 소리가 들렸다.

"나리! 운현궁에 갈 시각이옵니다."

"귀찮구나. 몸이 불편해서 못 간다고 일러라."

이 말을 들은 열일곱 살 동녀가 이유원의 품안에서 "대감! 대원위 대감의 부르심을 이리 해도 되는 겁니까." 하자, "그까짓 게 뭐가 그리 중요하단 말이냐. 나는 너만 있으면 천하가 다 내 것이다." 하며 낭창낭창한 어린 꽃봉오리를 지긋히 잡아당겨 또 한 번의 진한 몸부림을 치고 엎어졌다. 그런 줄도 모르고 명성황후는 대원군에게 빌붙지 않았다고 하여 그를 높이 샀으며, 대원군이 실각하자 그를 영의정으로 발탁했던 것이다.

조선에서 연행사가 왔다는 말을 듣고 리훙장은 이유원을 바오띵의 저택으로 불렀다.

"수고가 많소. 이번에는 몇 명이나 왔소?"

"네! 이번에 제가 데리고 온 연행사는 정사, 부사, 서장관의 삼사를 위시하여 대통관大通官, 압물관押物官 등 관원이 30명이며 수행원까지 합치면 3백여 명의 인원입니다."

"작은 나라에서 적지 않은 인원이오. 한성에서 베이징까지는 어떤 길을 따라서 오며 시일은 얼마나 걸리는고?"

"네! 평양, 의주, 압록강, 봉황성, 요동, 심양, 산해관을 거쳐 북경까지 3천 1백 리 길이며 도보로 50일이 걸립니다. 북경에 체류할 수 있는 기간은 명대에는 최대 40일이었으나 청대에는 큰 은혜를 받아 60일까지 체류할 수 있습니다."

"참으로 가상한 일이오. 우리가 조선을 '동방예의지국'이라 부른 것은 결코 헛말이 아니오. 그런데 오늘 내가 공을 보자고 한 것은 지금 진행되고 있는 조일 담판에 대하여 청국 정부의 뜻을 전하려 하오."

"하교하여 주십시오."

"청국으로서는 조선의 개국을 환영하오. 조선은 어차피 대원군의 쇄국정책과 같은 체제는 시대에 맞지 않소. 일본에 의한 개국이 썩 반가운 건 아니지만 지금은 다른 뾰족한 방도가 없소."

리홍장은 개국의 필요성을 피력한 문서가 담긴 봉투를 내밀며 조선왕에게 전하라 하였다. 그 친서의 내용은 분명히

"개국함이 유리하다. 조선은 약체여서 일본에 대적할 힘이 없다. 게다가 임진왜란 때처럼 우리에게 구원을 청원한다 하여도 우리의 국력이 이에 응할 형편이 못 된다."는 것이었다. 이유원이 이 서한을 지참하고 돌아오자 강화도 담판은 수락 쪽으로 급선회하게 된다.

조선을 겁박하는 구로다

1

구로다의 주문은 자기가 제시한 조약안을 국왕의 허락까지 받아 열흘 안에 조약을 체결하자는 것이었다. 그런데 그것은 선택 사항이 아니고 하지 않으면 안 된다는 겁박이었고, 만약 열흘 안에 회답이 없을 때는 조선이 어떤 불행한 일을 당하여도 그것은 조선쪽에 책임이 있다는 최후 통첩이었다. 강화부에서 벌어지고 있는 양국 대표의 담판이 일본의 무력 시위 아래 우리가 밀리고 있다는 소식이 밖으로 새어 나가자 전국의 국론은 척화로 들끓고 있었다. 더구나 정통 유가들과 명성황후 세력에 의해 밀려난 대원군 일파들은 위정척사론에 입각한 구국론을 앞세워 일본의 강압적 자세를 규탄하였다. 정부 내의 연일 회의의 분위기도 척화론이 우세하였다.

그러나 급변하는 국제 정세를 얼마간 이해하고 있던 판중추부사 박규수와 당상역관 오경석 등이 무조건 척화만 주장하는 것이 옳지 않다고 주장하면서 점차 개국론이 대두하게 된다. 덩달아 대원군의 형 이최응이나 민태호 등 대원군을 반대하는 명성황후 파는 별로 확고한 견해도 없으면서 개국 쪽으로 기울어 연일의 중신 회의에서도 뚜렷한 결론을 얻지 못하고 있었다. 그러던 중 앞서 세자 책봉 주청사로 중국에 갔던 이유원이 돌아오면서 청국의 실권자 리훙장이 보낸 '개국함이 유리하다'는 취지의 친서를 전하자, 국왕과 기타의 의견도 개국론 쪽으로 기울어지게 되었다.

구로다의 겁박이 있었던 다음 날인 2월 14일, 경복궁 수정전에서는 시원임대신時原任大臣의 어전 회의가 열리고 있었다. 영돈령부사 김병학, 영중추부사 이유원, 판중추부사 홍순목과 박규수, 그리고 영의정 홍인군 이최응, 우의정 김병국이 차례로 들어선다. 다음으로 정부당상의 김보현, 이원명, 김익진, 김유연, 남정순, 서당보, 김병시, 조성하, 서승보, 조석여, 김기석, 조희복과 교리들이 차례로 나아가 엎드린다. 고종은 사뭇 급박한 어투로 중신들에게 말한다.

"지금 시국이 급변하고 있소. 강화도에서 연일 일본국과 담판이 계속되고 있으니 지금은 그 문제를 논의하는 것이 급선무요. 영의정부터 의견을 개진해 주시오."

대원군의 형 이최응이 조심스럽게 아뢴다.

"신이 우선 걱정되는 것은 왜선이 강화에 정박하며 수시로 상륙하여 백성의 주거지를 자극하고 있는 것입니다. 하여 경거망동한 무리들이 때를 타서 일본인을 능핍凌逼하고 충돌할 가능성이 많음으로 경외京外에 엄칙하여 금집禁戢을 명하는 것이 급선무라고 아뢰옵니다."

"그렇소. 그리되면 일을 시작도 하기 전에 의외의 사단이 일어날 수 있으니 지금 당장 경외에 금집의 명을 발하시오. 우의정은 어찌 생각하시오?"

김병국은 약간 내용 있는 말을 한다.

"신은 일본인의 정상情狀이 과연 수호만을 위함인가 아니면 다른 목적이 있는가를 아는 것이 중요하다고 생각합니다. 우리 측 대관의 보고를 자세히 들은 연후에 최선의 방책을 강구함이 타당하다고 생각합니다."

이때 갑자기 김병학이 돌출 발언을 한다.

"영돈령부사 김병학 아뢰옵니다. 왜인들이 겉으로는 수호를 말하고 있으나 모든 정상으로 보건대 수호가 아니라 구흔搆釁, 사달을 일으킴에 있는 듯하니 우리의 대책이 시급하옵니다."

다음은 박규수가 나선다.

“판중추부사 박규수 아뢰옵니다. 일본이 수호를 칭하면서 병선을 몰고 왔으니 그 의도가 파측叵測, 헤아리기 어려움하옵니다. 그러나 그들이 스스로 수호 사절이라 말하고 있으니 선공하는 것은 불가합니다. 삼천리 봉강封疆, 전 국토이 내수內修외양外攘의 방책을 다했던들 어찌 저 작은 섬나라가 감히 기전畿甸을 엿보고 협박을 자행할 수 있겠습니까. 분완憤惋을 이길 수 없사옵니다.”

드디어 조성하가 발언을 한다.

“신 이조판서 조성하 아뢰오. 지금은 분완을 품고 부국강병을 꾀하지 못함을 후회한들 이미 늦습니다. 지금이라도 최소한 청국 정도의 개국은 문제될 것이 없다고 생각합니다. 지금도 함경도 일대의 변경 지방에서는 탐관오리들의 침학으로 말미암아 아사자가 속출하며 터전을 잃고 러시아로 월경 탈주하는 자가 하루에도 수십, 수백이라 하옵니다. 왜인이 바라는 것이 일단 개국과 통상이라 하오니 우리에게 불리하지 않게만 한다면 조약을 체결하는 것도 국익에 이익이 될 수 있다고 사료되옵니다.”

조성하가 힘주어 말할 수 있었던 것은 불과 얼마 전에 경흥에서 왔다는 김인승, 김인철다케후지 형제의 강한 눈빛을 감지하고 있었기 때문이다. 운양호 사건이 국익에 좋은 기회가 될 수도 있지 않겠느냐고 파격적인 말을 했을 때 두 서생은 힘주어 "대감의 판단이 옳으신 것 같습니다."라고 응수해 주었던 것이다. 그들이 사랑채에 식객으로 있을 때 더 대화를 나누지 못함을 후회하고 있었다. 그 중 김인승의 가슴 속에는 하고자 하는 말이 가득 차 있어서 어느 뇌관을 건들면 폭포수처럼 쏟아져 나올 것 같았다.

청국에서 돌아온 이유원이 발언을 한다.

"영중추부사 이유원 아뢰옵니다. 금번 신이 북양대신 리훙장 총독과 대담한 바로는 청국의 뜻이 분명했습니다. 조선은 진작 개국에 눈을 떴어야 했으며 이제라도 개국함이 더 유리하다는 의견입니다. 조선은 어차피 개국해야 할 것인 바 청국이 가장 염기厭忌하는 바는 러시아에 의한 개국이었습니다. 통촉하여 주시옵소서."

나라의 최고위직 의견인 이 자리에는 종전과 달리 싸움 아닌 평화 쪽을 택하고 있었다. 모처럼 그들의 의견을 서로 긍정적으로 들어주는 쪽이 지배적이었다. 그것은 청국의 의중이 결정적이었지만 이 같은 격돌 아닌 타결 선회는, 국내적으로는 정책이라기보다 대원군의 쇄국정책에 반대하는 감정적인 면이 많이 작용하고 있었다.

오늘의 회의는 조약 체결 원칙과 접견 대신 신헌에게 다음과 같은 지시를 하자는 것으로 마무리되었다.

우리나라와 일본은 3백 년 동안 수신사가 왕래하고 화목하게 설관호시設官互市하였다. 비록 수년간 서계를 가지고 서로의 의견을 견지하였으나 수호하자는 마당에 통상을 뇌거牢拒, 속 좁게 거절함할 필요는 없다. 통상조약 등의 절차를 난가상확爛加商確, 충분히 토의하여 확정 지음하여 양국을 상호간에 편의케 하라.

일본이 제시한 12관款의 초안에 대해서는 여러 가지로 검토하였으나 근대 국제법의 예규를 모르는 상황에서 형식적인 군주의 위호 등의 수정과 양국 사신의 주경駐京을 반대하는 제안을 제시하였다. 그 외 사소한 세부 사항인 물물교환 건이나 아편, 천주교, 표민漂民 등의 몇 가지 주의 사항을 신헌에게 알리는 데 그쳤다.

2월 13일 집사청의 3차 회담 이후는 일단 서로간의 간격을 두고 있었다. 조선 정부의 의견 정리가 필요한 것은 말할 나위도 없지만 구로다도 비록 전권대신이라 하지만 본국 정부에 긴밀히 연락하여 사전 의견 조율을 할 필요가 있었다. 더 중요한 것은 현재 양측의 막후 접촉이었다. 신헌은 현석운에게 지시하여 통역관 우라세 유타카와 스기모토 니노부김인승, 시마다 헤이유유병모를 집으로 초청하여 대화를 나누어 그쪽의 의향을 알아보고 구로다와 이노우에의 그간 동태까지 잘 파악해 두라 일렀다. 현석운은 이번에 참석한 모리야마 시게루와 함께 부산에서부터 제2선에서 가장 잦은 접촉을 한 실무자였다.

대일 강경파인 대원군이 실각하자 일본에서는 외무 6등출사 모리야마를 부산에 파견하고 조선 정부에서는 안동준의 후임으로 신임 왜학훈도 현석운을 파견하여 교섭하게 한다. 그래서 이루어진 1874년 9월 3일의 현석운과 모리야마의 만남에서 국교 재개에 관한 회담을 하게 되고, 이것이 메이지유신 이래 조선과 일본 양국 관리 간에 이루어진 최초 공식 회담이 되었다. 모리야마는 일본으로 돌아가 이를 보고하고, 이 기회를 놓치지 말고 적극적으로 조선 문제를 해결해야 한다고 주장하였다. 일본 외무성은 그 의견을 받아들여 12월 모리야마를 외무소승으로 승진시켜이번은 외무권대승 다시 부산에 파견한다. 그러나 여전히 용어 및 서식 등으로 난항에 부딪히자 모리야마와 히로츠는 그동안의 결과를 보고하고 군함의 파견을 요청하게 되어 운요호사건이 벌어진다. 이번에도 히로츠가 역시 전권대신 파견을 알리기 위해 부산에 도착하여 현석운에게 특명전권대신이 강화도로 간다고 통보하였던 것이다.

이번 회담 직전에 대원군이 직접 현석운을 불렀다. 대원군이 현석운에게 전한 한 통의 서한의 내용은 "어떤 수를 써서라도 강화를 성사시키지 말라."는 것이었다. 그러나 현석운으로부터 대원군의 의견을 전해 들은 신헌은 대원군의 말이 벌써 시류에 맞지 않다는 것을 스스로 파악하고 있었다.

현석운은 역관의 명문가 출신이다. 천령 현씨 집안은 광해군 때 현찬玄瓚이 처음 역과에 합격한 것을 시작으로, 숙종 때 왜학상통사 현덕윤이 통신사행의 역관으로 중국에 파견된 이후 모두 14명의 당상역관을 배출한 유명한 왜어 역관 가문이었다. 사역원에는 외국어의 통번역관으로 한학훈도漢學訓導, 중어, 몽학훈도蒙學訓導, 몽고어, 왜학훈도倭學訓導, 일어, 여진학훈도女眞學訓導, 만주어가 있었는데 조선시대 역관 합격자 가운데 왜어의 비중이 약 8분의 1 정도였다.

신헌의 부탁으로 당상역관 오경석은 현석운과 함께 왜인역관 우라세, 스기모토김인승, 시마다유병모를 집으로 초대하였다. 당상역관은 원래 사행의 일을 총괄하고 주관하는 자리이다. 이처럼 지위가 막중하기 때문에 사행을 갈 때나 조선에서 사신을 맞이할 때 비록 죄를 지었다 하더라도 당상역관에게는 형을 가할 수 없게 되어 있었다. 특히 오경석의 개화 사상은 정부에서도 주의하여 경청하는 처지였다.

상다리가 휘어질 정도로 차린 잔칫상 앞에 오경석의 어린 두 아들도 참석시켰다.

"이 아이들은 제 첫째, 둘째 아들들입니다. 현석운이 수시로 들러 제 아이들을 교육시키고 있습니다. 이 애들도 장차 역관이 될 것입니다. 인사드려라. 이 분들은 우리로 말하면 일본국의 조선학 훈도들이시다."

두 아들은 일어나서 큰절을 올리고 자리에 가서 공손히 앉는다. 마침 부인이 술병을 들고 들어섰다.

"부인, 인사드리세요. 일본국에서 오신 세 분 역관들이십니다."

"잘 오셨습니다. 말씀 많이 들었습니다. 조선에는 처음 오신 모양인데 좋은 여행되시기 바랍니다."

"조선에서는 일본처럼 부인이 남편 옆에 꿇어 앉아 있거나 남편을 '주인님'이라고 부르는 습관은 없습니다. 또 일본처럼 시집 가면 자기 성이 없어지고 남편 성을 따르는 것이 아니고 시집 가서도 평생 자기 성을 가지고 삽니다."

일본인에 비해 너무나 당당한 한국 부인을 보고 놀란 듯하여 현석운이 묻지도 않은 해명을 해주었다. 현석운은 부산에서부터 경험한 일본인과의 접촉 문제며 이번 강화도에서의 문제들을 이야기하고 세 명의 손님들도 각각 자기들의 의견들을 허심탄회하게 말한다. 오경석이 우라세에게 말했다.

"구로다 대신과 이노우에 부대신께서는 평안하십니까. 이즈음은 무엇을 하며 소일하고 계십니까?"

"양 대신께서는 일본 병사들에게 경거망동하지 못하게 각별히 주의를 주고 있습니다. 육지에 상륙한 사람은 그것이 어떤 소식이건 의무적으로 양 대신께 보고하게 되어 있고, 근해 측량의 보고를 받고, 부산 왜관과 본국과의 연락을 취하는 등 하루 종일 바쁩니다. 3인양 대신과 다네다 육군 소장 회의는 하루에도 수시로 열리고 있으며 주임관 회의, 판임관 회의 또는 주임관, 판임관 연석 회의를 하루에도 두세 차례씩은 주관하고 있습니다."

"회의의 성과 여부를 떠나서 구로다 대신의 열성과 의욕에 감복하였습니다. 조일 양국은 사이좋게 지내야 합니다. 에도 시대에 아주 오랫동안 화친을 지속했던 사이 아닙니까? 조선통신사가 일본을 방문하면 일본은 진심에서 거국적으로 환대하여 주었다는 사실을 어려서부터 선친의 말씀을 통해 들으며 자랐습니다."

이때 스기모토가 나선다.

“그렇지요. 조선통신사는 규모가 5백 명은 되었습니다. 막부의 쇼군將軍이 바뀔 때마다 조선통신사가 왔습니다. 에도 시대 3백 년간 단 한 건의 전쟁 사례도 없었지요. 세계 역사상 국경을 접하고 있는 나라가 3백 년간 전쟁 없이 평화를 유지했다는 것은 일찍이 유례가 없는 일입니다.”

이에 현석운이 해박한 그의 지식을 토로한다.

“저희 가학으로 내려오는 장서 중 김성일의『해사록海槎錄』이나 이경직의『부상록扶桑錄』, 신유한의『해유록海遊錄』같은 것은 저희들의 필독서였습니다. 특히 해유록에 의하면 통신사 일행의 선도와 경호를 위하여 대마도에서 동원된 군사만 1천 3백 명이나 되었다고 합니다. 대마도에서 에도까지 직접 접대를 맡은 영주다이묘가 33명이나 되고 하루에 부역에 동원되는 백성만 3천 명에 달했다고 하니 놀랄 일이 아닙니까? 일본 문인들은 시의 창화를 하기 위해 조선통신사 주위에 장사진을 치고 몰려들었다는 말도 들었습니다.”

시마다유병모도 한 마디 한다.

“일본과 조선이 오랫동안 사이좋게 지내다가 관계가 서먹서먹해진 것은 대원군 집정 10년간에 불과합니다. 이제 메이지유신 신정부가 들어섰으니 또다시 평화를 회복해야겠지요. 우리가 모두 노력하면 충분히 가능합니다."

오경석의 어린 두 아들은 일찍 자리를 뜨고 양국의 역관들은 늦도록 이야기하고 얼큰하게 취하여 개인적인 이야기까지 하였다. 그러나 김인승과 유병모는 그런 가운데서도 정신을 바짝 차리지 않으면 안 되었다. 잘못하여 조선인으로 탄로 나면 곤란하기 때문이다.

우라세와 김인승, 유병모는 그날 있었던 일을 보트로 겐부함까지 가서 구로다에게 보고하고 여담까지 나누다가 함께 부수영 숙소로 돌아와 투숙하였다.

2

열흘 기한 중에서 이레가 지난 2월 20일, 오전 10시에 현석운이 미야모토를 만나고, 오후 2시에는 노무라 권대승과 우라세가 신헌을 방문하고, 오후 6시에 현석운이 또 와서 모리야마와 스즈키 다이스케鈴木大亮와 접촉하는 등 양측은 실무 문제와 세부 사항 등을 협의하였다. 구로다는 김인승과 단둘이 숙소의 작은 방에서 밀담을 나누고 있었다.

"이번 담판이 어떻게 될 것 같소? 지금 본국에서는 전 국민이 나를 바라보고 있는데 만약 좋은 성과를 이루지 못하고 돌아간다면 나도 응분의 책임을 면치 못할 것이오."

"각하, 걱정 마십시오. 차라리 걱정은 각하가 지금의 무력 시위를 누그러뜨리는 문제입니다. 지금 조선은 전국적인 시선이 모두 강화도에 쏠려 있습니다. 정부의 시원임대신 회의에서는 평화 쪽으로 기울어졌고 북양대신 리훙장의 밀지도 개국 쪽이라고 하지 않습니까? 단 조선이 청국의 속방이어서는 아무것도 안 됩니다. 우리가 요구한 12개 조약 중 최고의 정력을 독립국이라는 한 용어에 쏟아야 할 것입니다."

"그래야지요. 독립국으로만 명문화해 놓으면 그까짓 것 무리에서 떨어져 나온 새끼 들소에 지나지 않으니까요."

"조선인은 실리보다는 명분을 중히 여깁니다. 이것을 맘껏 활용할 줄 알아야 합니다. 아마 국명이나 국왕의 칭호 문제, 국왕의 서명 날인 문제 같은 것이 그들에게는 제일 중요할 것입니다. 일본의 입장에서는 그런 것은 어떻게 해도 실제에 아무런 상관이 없습니다만 저들은 가장 중요한 문제일 수 있습니다. 지루하게 그것을 끌고 가서 실리 항목에 신경을 쓸 여유를 주지 말아야 합니다."

구로다는 김인승의 말에 무엇인가 자기가 취해야 할 목표를 설정한 듯 "음!" 소리가 입 밖으로 새어 나오도록 입을 굳게 다물고 일단의 숨을 고르더니 벌떡 자리에서 일어났다.

늦은 오후 7시 30분에 전과 똑같은 집사청 회담이 속개되었다. 일본 관료들의 일사불란한 호위며 해병대의 도열, 예포 소리 등 저녁이나 낮이나 다를 바 없었다. 오히려 밤에 보는 일본 관료와 왜병은 훨씬 더 공포스러웠다. 그런데 이번은 저번보다 더 고막을 찢는 듯한 기관총 소리가 들렸다. 집사청에 걸린 4대의 개틀링 기관총의 사격이 다시 시작된 것이다. 전일에는 집사청 뜰 안에 있는 나무만 향하여 쏘았지만 이번에는 일반 민가에 솟아오른 나무까지 모조리 피격의 대상이 되었다. 동네나 개인집에서 불거져 나온 감나무며 팽나무, 살구나무 등의 가지들이 뚜두두두 따다다다 하는 소리와 함께 추풍낙엽으로 흩어져 민가며 동네 골목길에 수북이 떨어져 내렸다. 이제 민간인들은 아예 바깥출입을 삼가고 집 안에 틀어박혀 가슴을 쓸어내리고 있었다. 구로다가 우선권을 잡고 신헌에게 말한다.

"오늘 저녁에 면담을 신청한 것은 낮에 현석운 훈도로부터 미야모토 권대승에게 교부한 조약안에 대하여 상의하기 위함입니다."

"오늘 의정부로부터 공문이 도착해서 귀 대신에게 열람시키기 위해 현석운 훈도에게 명하여 숙소로 보내 드리라고 시킨 것입니다. 이 자리에서 자세히 귀람貴覽해 주시기 바랍니다."

"네, 배견하겠습니다."

이때 의정부에서 신헌, 윤자승 양 대신에게 보낸 위임장과 일본 대신에게 보낸 조회문을 꺼내 열람을 마치자 신헌이 말한다.

"의정부 조회안은 이의가 없음을 경사에 알려 날인을 받은 것입니다."

"벌써 일람은 했습니다만 일단 지참하고 돌아가 숙고해서 회답을 드리겠습니다."

"알겠습니다."

"오늘 훈도로부터 미야모토에게 전한 말은 조약 비준에 관해서는 큰 이의가 없다는 내용이었습니다. 조약안의 내용에 관해서는 전일 담판을 할 때도 개정해야 할 곳이 있다고는 했습니다. 그런데 비준만은 조약이라는 큰 안목에서 반드시 군주의 서명 날인이 필요하다는 뜻을 미야모토를 통해서 알려 드린 바 있는데도 그것이 어렵다는 뜻을 전해 왔더군요. 지금 만약 국왕의 이름을 쓰는 것이 어렵다면 조약을 체결하는 것 자체가 어렵습니다. 그래서 처음 협의할 때 조약문 내용은 우리 정부에서 별로 만족하지 못할 것을 예측하면서도 초고에서 많이 삭제했습니다. 단 국왕의 비준 서명만은 반드시 있어야지 이를 생략한다면 결코 받아들일 수가 없습니다. 저희들도 우리 텐노 폐하의 비준을 받아야 하기 때문에 국왕의 서명이 없는 조약서는 접수할 수 없음을 알려 드립니다."

"양국 교제를 성신과 예의를 가지고 하자는 뜻은 전일 오경석, 현석운을 귀관에 보내 필사해 오게 해서 경사에 품보하면서 이미 알렸으며, 그때 같이 조선 국왕의 어보御寶가 필요하다는 귀측의 의견도 말씀드렸습니다. 그런데 비준안은 신하에 대한 문서이기 때문에 우리나라에서는 신하에 대하여 국왕이 서명하는 예가 없다는 것입니다. 이 말은 오늘 낮에 미야모토에게 자세히 설명했습니다. 때문에 신하가 군주에게 서명을 요구하는 것은 불가합니다. 이 일은 본 대신으로서는 어떤 일이 있어도 할 수 없다는 한계를 지니고 있습니다. 또 전일에 보여 드린 문건도 어명御名의 서명 없이 조정의 결의만으로 된 것입니다. 지금 새삼스럽게 주청을 드린 것도 앞뒤가 부합되지 않습니다."

"우리나라와 청국과 조약을 맺을 때도 비준서를 국문國文, 일본어으로 교환하였고 국왕의 어명이 서명되어 있었습니다.

지금 조선에서 비준 서명을 해주지 않는다면 조약을 맺을 수가 없습니다."

"지금 만약 어명을 서명하라고 품보하면 인심이 크게 일어날 수 있습니다. 각국의 예를 비유해서 말한다 해도 각국은 각각 그 나라의 법이 있듯이 우리나라는 당연히 우리나라의 법이 있습니다."

"원고에 '조선 국왕 어보'라고 되어 있는 것은 서명 날인하라는 뜻이었습니다."

"우리나라에서는 외국과 통신을 할 때 '위정이덕爲政以德'이라는 어보를 쓰고 조선 국왕이니 어명을 새긴 인장은 없습니다."

구로다와 신헌이 실리가 아니고 명분 문제로 왈가불가 하는 것을 보고 이노우에가 끼어든다.

"국왕의 서명을 받을 수 없어서 조약을 맺을 수 없었고 그래서 교제가 파국을 맞이했다고 한다면 말이 되겠습니까?"

그러자 윤자승이 한 마디 한다.

"인신人臣의 몸으로서 국왕께 서명을 주청드리는 것은 맞지 않습니다. 더구나 귀 대신 등과 접오接晤하여 수호가 거의 완성되는 즈음에 비준 한 건 때문에 우의가 상한다면 참으로 유감입니다."

이노우가 말을 받아친다.

"물론 양국의 우의를 상하게 하고 싶지 않기 때문에 반복해서 변론을 하고 있는 것입니다. 귀 대신 등은 걸핏하면 예전禮典을 주장하는데, 각국 교제에서 자국의 예禮를 타국에 행하기 어렵다는 이유로 양국의 조약을 비준할 수 없다면 진심을 의심하지 않을 수 없습니다. 어명을 서명하는 것이 귀국의 예에 어긋난다고 하더라도 이것 때문에 교의에 손상을 입고 민중이 토탄에 빠진다면 어느 쪽이 무겁고 어느 쪽이 가볍겠습니까?"

이 말을 듣고 신헌이 말한다.

"신하된 사람으로서 임금께 청하여 서명하게 하는 것은 불가한 일입니다. 제가 하나 제안을 할까 합니다. 비준의 격식을, 의정부의 주본奏本에 국왕이 '윤允' 자를 쓰는 것으로 대신하면 어떻습니까?"

이 말을 듣고 이노우에가 '잘 걸려드는군', 하며 쾌재를 부르며 말을 계속한다.

"국왕의 서명이 없이 다만 '윤' 자만 쓴다면 증빙할 길이 없고, 양국 군주가 결약했다고 공인할 수가 없습니다. 일체의 조약은 반드시 군주의 어비御批가 있어야 한다는 것은 만국 보편의 법입니다. 귀 대신 등이 말을 이리저리 둘러대며 거절한다는 것은 그것이 바로 교의를 손상하는 의미가 아닙니까?"

윤자승이 사뭇 이치 있는 말이라도 되는 듯 말한다.

"우리 정부가 구호舊好를 중시하기 때문에 우리를 파견하여 귀 대신들을 접견하고 수호를 의논케 한 것입니다. 거기에 어찌 시혐猜嫌의 뜻이 있겠습니까. 다만 비준서에 어명을 쓰는 것은 마치 아버지가 아들에게 자기 이름을 친서하는 것과 같이 이치에 맞지 않습니다."

구로다가 이제는 자기가 강경 발언을 하여 조선 대관을 궁지로 몰아넣어야겠다고 생각했다.

"귀국의 예禮에 그럴 수밖에 없다고 치더라도 조약 비준에 있어서는 군주의 서명이 있는 것이 보통의 법입니다. 본 대신 등이 명을 받들고 나라를 떠나온 것은 양국 간에 영원불변의 조약을 의정하라는 위임을 받은 것입니다. 지금 어명일사御名一事로 화의가 순조롭지 못한다면 실로 유감 천만한 일이 아닐 수 없습니다. 우리나라가 근래 귀국과 구호를 계속하고 싶은 성심은 귀국이 참으로 소홀히 해서는 안 됩니다. 그런데 지금 자기의 예전禮典만을 앞세워 조약을 맺지 못하게 된다면 일본 내정은 대단히 시끄럽게 될 것이고 동시에 평화를 보장할 수 없게 됩니다. 대저 우리나라 나가사키에서 이곳까지는 귀국의 이수로 2천 2백여 리밖에 안 되고 시모노세키라면 더 가깝습니다. 기선으로 항행하면 이틀이면 이곳에 도착합니다. 지금 화호和好가 의결될 때까지 이 두 항구에서 우리의 수만 병대가 둔집하여 종일 대기하고 있습니다. 전일 시나가와 마루品川丸가 출발할 때 귀 대관 등이 폭격을 받을 것이라는 풍설이 있어서 약간의 분운紛紜이 있었습니다. 양국 협상의 조건상 서로 양보해야 할 것은 진심에서 양보하여야 함에도 불구하고 아주 긴요한 곳에 이르러 양보가 되지 않고 있습니다. 어비 일절一節이 바로 그 예입니다. 이 일이 원만하게 되지 않으면 양국의 강화의 길도 끊어질 것이고 반드시 분운이 일어날 것은 명약관화합니다. 그때가 되면 귀 대관들은 스스로에게 책임이 있다는 것을 알아야 합니다. 이것은 폐부에서부터 토로해 내는 진술로, 유감천만의 일이 아닐 수 없으나 귀 대신 등을 만나는 것도 오늘 저녁이 마지막이 될 것 같습니다."

신헌이 구로다를 설득하는 조로 말한다.

"우리나라에서는 결코 화호和好를 해치고자 하는 뜻이 없습니다. 보세요, 전에 부산으로부터 선보先報가 있었을 때 정부에서는 본 대신 등을 파견하여 접견하고 수호를 협상하라 하셨고 지금은 벌써 7~8부가 해결되었지 않습니까. 단 비준에서 국왕의 어보를 찍고 어명을 쓰는 문제는 아무래도 어려운 문제이기 때문에 제가 편법을 제시한 것입니다."

구로다는 누구를 설득하려 드느냐는 듯이 오히려 신헌에게 훈계하듯이 말한다.

"귀국의 예전은 이미 알았습니다. 그러나 일에는 반드시 변통이라는 것이 있습니다. 예컨대 이 찻잔을 예로 든다면, 찻잔은 차를 따르는 용기임에 틀림없지만 다른 물건을 담을 수도 있습니다. 더구나 개화 건에 있어서 고집불통으로 변통이 없다면 일이 절대 안 되게 되어 있습니다. 소총을 하나의 예로 든다면, 옛날에는 횃불에서 심지에 불을 붙여 발사했습니다. 지금 귀국이 가지고 있는 것과 같은 것이지요. 그 후는 부싯돌을 휴대하고 다니면서 쇳조각에 때려 불을 붙여서 발사하니 편했습니다. 지금은 뇌관을 써서 만든 라이플총이란 것이 나와 실탄을 장전하여 멀리까지 정확하게 쏘게 되었습니다. 이렇게 점점 정교해지더니 요새는 정교한 대포가 나와 거대한 물체를 백발백중하게까지 되었습니다. 이번에 우리가 조선에 가지고 온 것이 바로 그것입니다. 그런데도 비준 일조로 귀국은 예전에 구애되어 변통할 줄 모르고 교의交誼에 손상을 입히고 있으니 정말 애석한 일이 아닐 수 없습니다. 본 대신이 말한 것을 이해하시지 못한 모양인데 훗날 반드시 이해하게 될 것입니다."

윤자승이 두 사람을 중제라도 하듯이 말을 한다.

"기물을 비유해서 말한 취지를 이해했습니다. 그러나 기물이 그렇다손 치더라도 군신의 정은 그것과 달라 변통을 할 수 없습니다. 단 귀국에 대해서만은 방금 귀람시켜 드린 것처럼 의정부 조회문에도 '동정형제同情兄弟'라고 되어 있어 구호를 돈독히 하고자 하는 뜻이 분명할진대 이제는 그만 비준 서명 건은 중단했으면 좋겠습니다. 더욱이 조선은 귀국을 제외하면 외국의 어떤 나라와도 수호조약을 맺고 있지 않습니다."

구로다가 더 궁지로 몰고 갈 필요가 있다고 생각했는지 말을 잇는다.

"군신의 정의情義를 변통할 수 없다는 것은 이해했습니다. 그러나 조약 비준이 신하에 대한 문안이라고 하더라도 양국 간에 교환해야 하는 문건에 있어서는 관국官國에 대한 교제의 예禮에 해당합니다. 이 내용은 벌써 어제저녁에 미야모토로부터 누차 들었을 걸로 압니다. 또한 편법으로 했으면 했지 어명을 쓸 수는 없다는 고집도 아무리 더 변론한다고 하여도 변할 것 같지 않습니다. 오늘 저녁은 이만 물러가겠습니다."

윤자승이 오히려 신헌이 해야 할 말을 불쑥 말해 버린다.

"벌써 밤이 야심한데 일단 헤어지기로 하지요. 단 어명 일조 건은 숙고하여 주시기 바라며 기타 조항은 모두 이의 없는 것으로 사료됩니다."

'기타 조항은 모두 이의 없는'이라는 이 말을 듣는 순간 구로다는 좋아서 하마터면 소리를 지를 뻔하였다. 방금 전까지도 '7~8부가 해결' 운운하더니 이제 다 양보할 뜻이 있다는 말이 아닌가? 참으로 김인승의 공로는 이번 조약 체결의 제1인자로 해야겠구나. 어쩌면 이렇게도 정확히 사태 파악을 할 수 있단 말인가. 아무짝에도 쓸모없는 어명의 압인 날인 문제를 물고 늘어지니 그보다 백 배, 천 배 더 중요한 문제에 아무런 관심도 쏟지 않지 않은가? 그러나 그것을 절대 내색해서는 안 된다. 표정 관리를 잘하며 구로다는 입을 열었다.

"참으로 유감입니다. 기타 조항이 모두 이의 없다면 어명을 사용하는 것도 이의가 없어야지요. 저는 쌍방이 날인하는 날에, 방금 말한 당지에서 가지고 온 대포 1좌와 소총 한 자루씩을 국왕과 대관 부대관에게 선물하려고 했지요. 그러나 지금으로서는 수호가 순조롭게 이루어질까 의심입니다. 귀 대신들이 다음에 후회하는 일이 없기를 바라며 오늘 밤은 늦었으니 본함으로 돌아가지 않고 이곳에 체재하렵니다."

구로다가 회담이 끝나고 숙소에 돌아온 시각은 밤 12시였다. 다시 김인승과 단둘이 조선인의 대응책과 차후 대책을 논의하고 나자 먼동이 터왔다. 한편 신헌도 숙소로 돌아가며 노무라 오사무野村靖 권대승과 우라세 역관을 초대하여 현석운과 함께 여러 가지 이야기를 털어놓았다. 대충 이야기가 끝나갈 무렵 가까운 곳에서 첫닭이 울었다.

김인승, 조선의 고삐를 조이다

1

구로다는 집사청 회담을 끝내고 숙소에 돌아온 자정에서부터 먼동이 터올 때까지 김인승과 단둘이 시간을 갖고 있었다. 이렇게 중요한 시간에 다른 사람의 의견을 들어 헛갈리면 안 되기 때문에 항상 가장 핵심을 짚어 주는 김인승의 말을 들어야 했다. 구로다는 약간 피곤한 기색이었으나 자기가 가장 큰 일을 하고 있다는 자긍심이 온몸에서 배어 나오고 있었다.

"참으로 김공의 말은 정곡을 찔렀소. 어명, 어보을 가지고 늘어지니 과연 그들은 아무것도 돌아볼 여유가 없더군요. 자기들의 사활이라도 걸린 양 정신이 없더라고요. 하하하."

"그렇습니다. 조선인에게서는 명분이 실리보다 훨씬 중요합니다. 지금부터는 무력과 겁박을 다 쏟아부어야 할 때입니다. 이제 열흘이 다 되었으니 대신께서 정말 일본으로 돌아가겠다고 채비를 하고 나서야 합니다. 그리고 대신께서 떠나면 조선은 불행한 일이 벌어질 것이라는 말을 다시 확신시켜야 합니다."

"그러다가 만약 정말 돌아갈 테면 돌아가라고 하면 어떡합니까?"

"절대 그러지 못하게 되어 있습니다. 아마 신헌, 윤자승은 목숨을 걸고 말리며 조약을 체결하려 할 것입니다. 일이 허사로 돌아가면 그들은 조선의 법률에 의하여 처벌을 받게 되어 있습니다. 삼족이 멸할지도 모릅니다."

"그렇게 엄합니까? 삼족을……."

"그렇습니다. 조선의 『대전회통』은 명률明律을 근거로 이루어졌기 때문에 엄하기 그지없습니다. 거의가 사문화死文化되고 말았습니다만 필요할 때는 그것을 꺼내 들지요. 여기서 만약 계속적인 압박이 줄어든다면 그들은 세목 하나하나를 들고 나올 것입니다. 그러면 개항 문제며, 해안 측량권, 영사 재판권 등을 모두 문제 삼을 것입니다. 그러면 오히려 이쪽에서 수세로 몰리게 될 가능성이 있습니다. 이제는 할 수 있는 한 최강수를 다 동원하는 것이 일을 성사시키는 첩경입니다."

집사청 담판에서 어보, 어명 문제로 회담이 결렬될 위기에 처하자 신헌, 윤자승은 말할 필요도 없고 오히려 조선 정부에서 더 초조해하였다. 한양에서 강화까지 파발의 임무를 띤 두 마리 말이 발굽이 땅에 닿지 않을 만큼 종일 문서를 들고 이쪽저쪽으로 뛰었다. 먼저 정부의 초기草記와 관문이 신헌에게 도착했다.

"사안에 따라서 재량껏 결단하라."는 내용이었다. 비록 사안에 따라서, 라는 단서가 붙기는 했지만 실은 재량권을 허락한다는 말과 별 다를 바 없었다. 신헌은 즉시 영의정과 도통 김기석에게 회의 내용을 초록한 답신을 보냈다. 도통은 2년 전에 신설된 기관인데 무위소도통사武威所都統使를 가리킨다. 금위영, 어영청, 훈련도감의 제조를 겸하면서 용호영과 총융청까지 관장하기 때문에 실질적인 한성부의 치안 총책으로, 강화도 상황을 정확히 알고 있어야 할 인물이었다. 신헌의 답신의 주 내용은 회담 내용의 초록이지만 실제 하고자 하는 말은 "내가 어떤 결정을 내리든 만부득이한 일이니 양찰하시라." 하는 훗날 자기의 책임을 회피하려는 내용이 다분히 담겨 있었다.

오전 11시에 우라세와 스기모토김인승가 신헌이 머무르고 있는 숙소 '이아二牙, 감영이 있는 곳의 郡衙'를 헐레벌떡 들어서고 있었다. 우라세가 말한다.

"지금 양 대신께서 저희 숙소에서 짐을 싸고 있습니다."

"짐은 갑자기 왜 싼단 말이요?"

"주위에서도 말리고 있습니다만 겐부함으로 돌아가서 귀국하겠다는 것입니다. 대관께서 직접 말리지 않으시면 안 되겠습니다. 구로다 대신께서는 워낙 성품이 강직하신 분이라서 한다면 하는 성품이십니다. 어서 손을 쓰시기 바라무니다."

스기모토가 황급한 상황을 급히 알리고 있었다. 신헌은 순간 "일났군!" 하는 심정으로 다급하게 말했다.

"스기모토 씨가 좀 도와줘야겠습니다. 어떤 일이 있어도 돌아가서는 절대 안 됩니다. 잠깐만 기다리세요. 내가 편지를 한 통 쓰겠습니다."

"구로다 대신의 시모노세키, 나가사키 병대 대기 건은 결코 헛말이 아닙니다. 구로다 대신께서 정말 일본으로 출발한다면 그 병대는 동시에 조선으로 출발할 것이무니다."

스기모토는 신헌이 가장 두려워하는 병대를 들먹이며 걱정스럽다는 듯한 표정을 지어 보였다. 우라세와 스기모토는 신헌이 편지를 다 쓸데까지 기다리고 있었다.

구로다 대신께

저는 멀리 떨어져 있으면서도 항상 귀하의 덕의德義를 흠모해 왔습니다. 그러다 이제야 서로 뵙고 기쁨을 나누고 있는데 갑자기 여장을 꾸려서 떠나실 차비를 하고 있다니 서운한 마음 금할 길이 없습니다. 존의尊意를 확실히 파악하지 못해 답답하던 차 방금 역관의 말을 듣고 더 확실히 귀하의 소망하신 바를 알게 되었습니다. 속히 수레를 멈추셔서 이 구구한 저의 마음에 부응하여 주시기 간절히 바랍니다. 귀하가 하고자 하는 일이 이루어질 수 있도록 저의 성과 정을 다하여 노력을 경주할 것을 약속드립니다. 즉시 찾아가 뵙고 사정 말씀드리는 것이 예의인 줄 아오나 지금 몸이 불편하여 우선 급히 몇 자 적어 보내오니 어서 노기를 푸시고 저와 대면하시옵소서.

신헌

오후 3시에는 현제순이 미야모토 대승과 모리야마 권대승 그리고 노무라 권대승, 스즈키 다이스케를 데리고 신헌이 있는 이아를 방문하였다. 구로다 대신의 기분이 아주 좋지 않다는 소식과 자기들도 극구 귀국을 말리는 쪽이라고 하며 사태를 같이 고민하자는 것이었다. 미야모토는 신헌에게 개인적으로 드릴 선물이라면서 지도 두 장을 꺼내 보이는데 한 장은 『조선전도朝鮮全圖』였고 또 한 장은 그 부록으로 간략한 『아세아동부여지도亞細亞東部輿地圖』였다. 신헌은 『조선전도』가 너무나 세밀하고 정확한 데 깜짝 놀랐다. 거기에는 산맥 하나까지 작은 읍성 하나까지 하나의 오자도 없이 기록되어 있었다.

"보십시오. 여기가 포시엣이고 여기가 블라디보스토크입니다. 러시아는 지금 여기에 그들의 군항을 건설하고 있습니다. 조선은 바로 코앞에 놓여 있습니다. 이는 결코 소홀히 볼 수 없는 일입니다. 황국에서 가장 신경을 쓰고 있는 부분이기도 합니다. 그들이 만약 남하정책을 편다면 황국과 크게 부딪칠 것입니다."

"그들이 정말 남하할까요?"

"그럴 가능성은 아주 큽니다. 그들은 부동항을 가지고자 하는 것이 그들의 숙원입니다. 그러나 안심하셔도 됩니다. 황국이 조선과 구호를 회복한다면 러시아는 함부로 남하하지 못할 것입니다. 보십시오. 여기가 대만입니다. 대만은 벌써 2년 전에 황국의 속지처럼 되었습니다. 대만과 황국이 이렇게 가깝기 때문에 조선은 안심하셔도 무방합니다."

미야모토가 펼쳐 보인 그 지도는 바로 김인승의 세밀한 고증을 거쳐 엊그제 출판한 바로 그 지도였다.

저녁에는 일본 초병哨兵 2~3명이 유수 관아를 지나가려 하는데 보초가 통과를 허락하지 않자 그중 한 명의 병사가 휴대하고 있던 총을 발사하여 조선 보초를 사망에 이르게 한 일이 벌어졌다. 조금 있으니 조선쪽에서 유수의 뜻을 전달하는 차비관을 파견하여 경위를 힐문하였다. 일본 측은 일단 조사한 연후에 대답하겠다는 응수로 차비관을 돌려보냈다. 그 뒤로 다시는 차비관이 오지도 않았다. 오히려 조선쪽에서 일을 확대시키고 싶지 않았던 것이다. 저녁이 되자 노무라 권대승이 신헌을 찾아와서 양 대신과 수행원은 일단 숙소에서 철수하여 귀함歸艦한다고 알려 왔다. 신헌의 마음은 타들어 가고 있었다.

구름이 잔뜩 낀 날이다. 금방이라도 하늘에서 천둥벼락이라도 칠 것 같은 찌푸린 날씨의 오전 9시 30분, 야스다 소판관과 스기모토가 이아에 들어서고 있었다. 구로다는 이제부터 자기가 가장 신뢰하는 측근 야스다 개척사 소판관과 김인승을 부리는 것이 가장 빠른 길이라고 생각했다. 스기모토가 긴박감을 주는 목소리로 말한다.

"지금 구로다 대신과 이노우에 부대신께서는 귀장歸裝을 다 꾸리시었습니다. 오늘 중으로 나리께서 직접 나서 주시지 않으면 사단이 일어나고야 말겠습니다. 지금 전언하라는 말씀은 '이제 곧 승선할 것이다. 바빠서 직접 고별하지 못한다'는 것이무니다."

"일을 일부러 천연한 것도 아니요, 일이 결렬된 것도 아니지 않습니까? 정부에서는 이미 통상을 허락하였고 다른 조관들은 이제 곧 문서를 작성하여 보내 올 것이오. 원칙이 잘못된 것이 아니고 일전에 어명御名 문제 때문에 일이 지체되고 있을 뿐이오. 오늘도 반나절이 지났지만 금일을 포함해서 5일만 말미를 주신다면 양국의 대사를 마칠 수 있을 것이오. 이러한 사유를 귀 대신께 어서 아뢰어서 반드시 수레를 멈추게 해주세요."

스기모토는 자기의 말에 당황한 모습이 역력한 신헌을 한 번 보고 옆의 윤자승도 흘끗 보고 말한다.

"귀 대관의 은근한 성의는 돌아가서 그대로 이르겠습니다. 단 전에도 말씀드렸듯이 저희 대신께서는 성품이 엄격하셔서 한 번 내린 명령을 거두어들이지 않으십니다. 아마 멈추기 어려울 것입니다."

신헌은 즉시 오경석과 현석운을 불러 황급히 구로다가 머무르고 있는 부수영 숙소로 달려가서 일단 귀선하는 것을 멈추고 신헌이 직접 온다고 이르라 하였다.

오경석이 구로다에게 신헌 대관의 뜻을 대충 전하고 있는

데 11시 30분에 양 대관이 도착하였다. 오늘은 스기모토가 직접 통역을 맡고, 미야모토 코이치, 노무라 오사무, 스즈키 다이스케가 배석하고, 조선 측에서는 오경석과 현석운이 배석하였다. 신헌이 다급한 목소리로 말한다.

"오늘 귀가歸駕하시겠다는 말씀을 귀국의 수행원 야스다로부터 듣고 경악을 금치 못했습니다. 지금은 먼저 시급히 귀정歸程을 늦추어 주십사 간청드리고자 왔습니다."

구로다는 내심 희열을 느끼면서도 밖으로는 결연한 의지라도 보이듯 말했다.

"모든 노력을 경주해 주신 데 대하여 감사드립니다. 그러나 전일에 회담을 거치면서 저어齟齬, 의견의 차가 생겼다는 것도 잘 아실 것입니다. 생각해 보니 이래 가지고는 수호를 달성할 수 없다는 것을 알았고 그래서 귀함을 결심하기에 이르렀습니다. 본 대신이 귀우貴寓를 방문하고 작별 인사를 드려야 하는데, 썰물 시간이 됐기 때문에 이만 어서 승선하여야 합니다."

신헌은 더 다급하게 말한다.

"며칠간 회담의 동반자로서 순조롭게 오늘까지 오게 되었는데 지금 돌아가시겠다니 본 대신은 실로 유감 천만입니다. 지금부터 5일간만 여유를 주시면 감사하기 이를 데 없겠습니다."

신헌은 거의 두 손으로 빌고 있는 것이나 다름이 없었다. 구로다는 그럴수록 더 조급하게 만들어야 한다는 김인승의 계략이 머리를 스쳤다.

"기한을 일단 열흘로 정하였으니 오늘이 바로 그 만기일입니다. 그런데 아직도 결론이 나지 않으니 5일을 더 기다린다고 한들 일의 결실을 기약할 수가 없습니다. 수호는 피아 인민의 안위에 관한 양국 정부의 중대사입니다. 속히 순조롭게 일을 마무리하지 않으면 안 되는 건이어서 연일 몇 차례고 변론을 계속하였던 것입니다. 그러나 지금까지도 결론을 얻을 수 없었기 때문에 이제는 귀선하는 것 이외 길이 없습니다."

신헌은 더 간절히 말한다.

"어제저녁에 오경석이 경성에서 돌아와 보고한 바에 의하면 이번 건은 묘의廟議가 순조롭게 이루어질 것이라고 했습니다. 조약안을 청서淸書할 때까지 다시 동인을 즉시 상경시켜 정의廷議를 재촉하겠습니다. 때문에 4~5일만 여유를 주시면 기필코 허락을 받아 내겠습니다."

구로다는 이들에게 약간의 말미를 주어야 일이 마무리된다는 것을 잘 알고 있었다.

"이번 회담이 순조롭게 이루어지지 않으면 양국의 구호 3백년의 장구한 역사가 수포로 돌아가고 이어서 간과干戈, 무력 충돌가 일어날 수밖에 없습니다. 이것이 본 대신이 가장 우려했던 바입니다. 귀국의 화호和好의 뜻이 과연 귀 대신이 말한 것처럼 순조롭게만 이루어진다면 공기功期를 정하고 기다려야지요. 꼭 그러신다면 잠시 닻줄을 묶어 매고 내일부터 4일간 배 안에서 결답을 기다리겠습니다. 본 대신은 출발 전에 해야 할 급무가 있어서 이만 실례합니다."

차가운 쇠붙이와 부딪치는 느낌이었다. 일본인은 한 번 한다고 하면 한다더니 정말 그렇구나. 생긴 것만 우리와 같은 빛깔이지 한국인과는 세포 하나도 닮은 데가 없구나. 신헌은 걸어서 나가는 뒷모습을 착잡한 마음으로 물끄러미 바라보면서 임진왜란 때 강토를 쳐들어온 가토 기요마사加藤清正가 저랬을 것으로 생각했다. 그렇지 않아도 구로다는 가토 기요마사의 8대손이라고 넌지시 일러주던 스기모토의 말을 상상하며 몸을 부르르 떨었다.

구로다가 떠나고 뒤에 남은 이노우에가 말리는 시누이 같은 말을 한다.

"벌써 구로다 대신께서 말씀하신 것과 같이 이번 회담은 쉽게 협의가 이루어지지 않을 것 같군요. 무엇보다도 귀국

정부에서 보내온 '의정부 조회문'이란 걸 보건대 사사謝辭, 사죄의 내용이 변명에 지나지 않고 진실성이 없습니다. 게다가 전일 우리 측에서 거론한 운요호 피격에 관해서도 별 언급이 없습니다. 또한 전일 여러 차례 우리 수행원들과 귀측 수행원들이 협의할 때는 방향이 맞지 않아 사사건건 의견의 차가 있었습니다. 특히 오경석, 현석운 두 훈도가 필사하면서 조약안 말미에 '조선국왕어명인朝鮮國王御名印'이라고 되어 있는 것을 함부로 '조선국왕어보朝鮮國王御寶'라고 고친 것이 큰 사달입니다. 이 건은 어제 이미 모리야마와 스즈키를 시켜서도 변론했던 내용입니다. 귀 대신께서 또 어비御批 교환을 6개월 후로 하자는 데 대하여 모두 저어가 심하다고 보고 있습니다. 지금 귀 대신의 간청에 의하여 내일부터 4일간의 여유를 약속했지만 만약 기한을 다시 연장하려 들면 즉시 출항하고 이곳에는 수행원 두세 명만 남겨서 연락을 담당하게 할 것이고 저희는 계획대로 행동에 들어갈 것입니다."

여기서 이노우에가 말한 우리 정부가 자기네에게 보냈다는 '의정부 조회문'이란 것은 다음과 같은 것이었다. 이 내용을 보면 그들이 말한 사사 건은 그런대로이나 운요호 건은 오히려 일본을 나무라는 내용이다.

양국이 수교하여 화친을 도모한 지 이미 3백 년이 되었다. 사신과 폐백이 왕래하여 마치 형제와도 같은 정을 나누었으며 각자 백성을 편안하게 해서 서로 다툰 일이 없었다. 그런데 무진년 이래 귀국이 혁신한 상황을 미처 알지 못하여 종종 의단疑端을 초래했으며, 귀국에서 누차 사신과 서계를 보내왔지만 바로 접수 해주지 못하여 끝내 우리와의 우의가 단절되는 상황에까지 이르렀고, 작년 가을에는 귀국의 기선이 강화도에 와서 다시 분요紛擾가 일어났다. 그러나 이번에 귀 대신이 사명을 띠고 경내에 왕림하여 우리나라 사신과 만남으로 깊은 뜻을 알았고, 종전의 시의猜疑가 하루아침에 풀렸으니 얼마나 다행한 일인가? 보내준 입약각관은 우리 조정에서 이미 사신에게 위임하여 협상하게 했으니, 무진년 이래 양국 간에 왕래한 공문은 응당 폐기함이 옳다. 영원한 친목을 기원하며 이제 함께 양국의 경사를 도모하고 있으니 우리도 선린의 우의를 충분히 밝힌 것이다.

병자년 2월

신헌은 그래도 이노우에가 남아서 말이라도 받아 준 것이 한 없이 고마웠다.

"귀 수행원 미야모토, 노무라로부터 토의되었던 매 건을 주문奏聞하기 위하여 훈도를 급히 상경시키겠습니다. 곧 좋은 결론이 나오리라 사료됩니다. 귀 대신이 오늘 함선으로 돌아가는 것을 억지로 만류하지는 못합니만 4일간의 이 기한은 반드시 지킬 것이니, 그 기한 동안은 어떤 일이 있어도 반드시 귀함貴艦에 계시면서 회답을 기다려 주시옵기 간청을 드립니다."

이노우에가 차갑게 대답한다.

"그러면 오늘부터 일단 헤어지되, 양국의 평화를 깨는 피아 인민의 예기치 못할 사건이 발생할 염려가 있으니 미야모토 등과 잘 숙의해 주시기 바랍니다."

신헌은 일단 며칠간의 시간은 벌어 다행이라는 심정으로 말했다.

"모든 일이 순조롭게 이루어져서 양 대신이 다시 상륙하여 대면하기를 바랍니다."

이 일이 끝나고 신헌, 윤자승은 돌아가고 구로다 대신은 의장병을 대동하고 숙소를 출발하였다. 신헌에게는 양 대신이 모두 겐부함으로 철수한다고 했지만 부대신은 숙소에 그대로 머무르면서 만약의 사태에 대비하라고 밀령을 내렸다. 이노우에는 부수영중영에 그대로 잠거하며 자기가 머무르고 있는 비밀을 일체 누설하지 못하게 하였다.

오늘 유창한 언어로 통역을 맡았던 스기모토가 동석한 모든 사람을 앞질러서 오경석에게 말하였다.

"오 선생님의 책임이 막중하무니다. 내일 다시 상경하면 조정 중신들에게 이 일의 심각성을 잘 설명해 드려야 합니다. 조선의 흥망이 걸린 중차대한 일이니 작은 일 하나하나를 너무 고집하려 들지 말고 대국大局을 보라고 일러 주세요."

오경석과 현석운이 알았다고 자리에서 일어나자 나머지 일본 수행원들과 스기모토가 차가운 배웅을 하였다.

2

양 대관이 이아로 돌아온 후 미야모토 외무대승과 야스다 개척소판관, 스기모토가 뒤따라 왔다. 조약안 문제로 종일 논란하면서 할 수 있는 것 차례대로 수정해 나갔다. 일본 측의 한문 실력이 가장 뛰어난 스기모토가 주로 붓을 들어 가필하였다. 초저녁 무렵에 그들이 돌아가자, 일본 측 대신이 숙소를 철수하여 승선한 사유를 먼저 치계馳啓하였다.

계초啓草

이번 달 28일(2. 22) 오시 경에 구로다 기요타카, 이노우에 카오루, 수행원 모리야마 시게루森山茂, 야스다 시게노리安田定則가 병졸 3백 명을 이끌고 자기들 선박이 있는 곳으로 돌아갔으며, 수행원 미야모토 코이치宮本小一, 노무라 오사무野村靖, 전어관 최조傳語官 崔助, 우라세 등은 80여 명을 거느리고 전일 머물렀던 곳에 남아 있습니다. 저들이 거느리고 나간 병졸 가운데 1백 30여 명이 당일 신시에 다시 성으로 들어와서 미야모토 코이치, 노무라 오사무가 머무는 숙소에 잔류했습니다. 이에 치계를 올립니다.

신헌은 먼저 바늘방석에 앉아서 기다리고 있는 자기 식구들에게 편지를 썼다.

'나의 사랑하는 아들 정희, 석희, 낙희, 찬희야! 아비는 국가의 부름을 받고 일본국과 협상을 하고 있지만 인력으로 되지 않는 일이 너무나 많구나. 어머님 말씀 잘 듣고 건강하고 쉬지 말고 자강불식自强不息하여라. 후세에 역사는 이 아비를 어찌 평할지 두렵기 짝이 없구나…….'

신헌은 갑자기 목이 메어 오는 것을 꿀떡 삼키고, 이어서 저들이 아직은 초지에 머물고 있는 연유와 조규 책자 원본을 올려 보내는 사유로 장계를 작성했다. 저들로부터 다행히 4~5일의 말미를 받아 냈으나 왕복할 일이 촉박하게 되었다. 또 문서는 구두로 직접 설명하는 것만큼 상세하지 못하기 때문에 역관 오경석과 현석운을 술시戌時, 오후 7시에 서울로 급히 올려 보냈다. 그리고는 영의정, 우의정에게 서한을 보내고, 특별히 이조판서 조성하에게 편지 한 통을 따로 보냈다. 항상 마음이 통하고 선진적 사고를 가지고 있는 젊은 판서였기 때문이다. 임금님께는 자기에게 사안에 따라 재량껏 결단하라는, 감당할 수 없는 재량권을 준 데 대하여 간곡한 상소문을 올렸다.

소초疏草

엎드려 아뢰옵니다. 신이 의정부의 관문을 받아 보니, "어제 수호통신의 일로 계품啓稟해서 관문을 보냈다. 조규 등의 제반 강정에 매번 번거롭게 묘당에 공문을 올려서 날짜의 지연을 자초하고 있으니, 백성을 편안하게 하고 나라를 이롭게 할 수 있다면 전담시키는 것이 좋을 듯하다. 옛 가르침이 그러하니, 편의에 맡겨서 사안에 따라 재량껏 결단하라는 뜻을 접견 대관에게 지시하는 일로 초기草記를 올려 윤허를 받았다."라고 하여 수호통상의 중요한 사무와 조관의 강정을 전적으로 신이 주관할 것을 촉구하였으니, 명을 받잡고 놀랍고 떨려서 어찌할 바를 모르겠습니다.

지금 저들이 사절의 이름을 청탁해서 말로는 옛 우호를 회복하겠다고 하지만 실제로는 정예병을 이끌고 바다를 건너왔으니 그 뜻의 소재는 알 수 없으나, 분명한 사실은 대충 있다가 쉽게 돌아갈 자들이 결코 아니라는 사실입니다. 안으로는 포악함을 막는 방비를 갖추고 밖으로는 유원柔遠의 의리를 선양해서 그 유감을 쌓은 저들로 하여금 순응하고 사달을 일으키지 않게 하는 것은 일개 사신의 세 치 혀로 할 수 있는 바가 아닙니다. 오직 묘당의 계책을 따라 저들에게 시행하게 하더라도 오히려 그 임무를 다하지 못할까 두렵거늘, 미련한 신으로 하여금 자의로 재단하게 하시니 어찌 실수가 없기를 바라겠습니까. 저들과 접촉한 지가 이미 며칠이 지났으니 저들도 우리 조정의 정무가 모두 의정부의 품정稟定을 거쳐서 시행되며, 봉명奉命한 신하는 명을 전할 뿐임을 잘 알고 있습니다. 그러므로 매번 신 등에게 조정에 돌아가 자신들의 뜻을 전달할 것을 권하는 것이며, 또 집정대신을 만나서 직접 자결咨決 받기를 구하는 것입니다.

신의 재주를 헤아리고 사체事體를 살펴보건대 지금 편의대로 재량껏 결단하라는 명은 신이 만 번 죽더라고 감당할 수 없는 일입니다. 이에 감히 글을 올려 숭엄崇嚴을 어지럽혔으니 부디 성자聖慈께서는 굽어 살피시어 이미 내리신 명령을 속히 거두어 국체를 중히 하시고 사분私分을 편안케 하시옵소서.

신헌은 주상께 상소문을 다 쓰고 좌탁에 엎드려 한참 동안 흐느껴 울었다. 그동안 구로다와 일본의 겁먹이는 무력 시위를 당할 대로 당한 서러움이 함께 북받쳐 올랐다. 우리가 어쩌다가 저 섬나라 소인배들에게 이런 수모를 당하고 살아야 하는가? 나라의 크기도 비슷하고 사람의 덩치는 오히려 우리가 더 큰데, 저들은 구만 리 장천을 나는 큰 새인데 우리는 쑥대밭을 날고 있는 작은 새에 불과하구나. 과연 내가 한 나라의 대표가 맞는가? 내가 쌓았던 초지진, 광성진, 덕진진이 무슨 소용이 있는가? 적을 명중시킬 대포가 없고 죽기를 각오한 병대가 없는 것을.

너무나 왜소한 자신을 한탄하였다. 무인으로 출세했건만 무인다운 기개 한 번 펴 보지 못하고 당하기만 하고, 이쪽에서 잡고 늘어지는 신세가 되었으니, 이 수모를 어찌한단 말인가. 안목이란 이렇게 생사를 가늠하는 첩경인 것을. 우리도 안목을 밖으로만 돌렸더라면 지금쯤 문명 대국이 되어 있을 터인데 이것이 도대체 무슨 치욕이란 말인가? 신헌은 어려서부터 당대의 석학 정약용, 김정희 문하에서 다양한 실사구시의 학문을 수학했지만 이럴 때 아무런 소용이 없었다. 백 마디의 이론보다도 하나의 '힘'만이 사태를 좌우하고 있다는 것을 알았다. 자기가 저술한 국방론인 『민보집설民報

輯說』, 『융서촬요戎書撮要』 같은 것도 아무짝에 소용이 없다는 것을 알았다.

다음 날 하루는 각자의 시간을 보냈다. 신헌은 이아에서, 구로다는 겐부함에서 바쁜 하루를 보냈다. 그 다음 날인 2월 24일 시모노세키로부터 제물포에 다마우라함瓊浦艦이라는 배가 한 척 도착했다. 이이다 슌스케飯田俊介 중위가 공문을 가지고 왔다. 구로다는 이것도 조선을 겁박할 수 있는 좋은 건수라고 생각하며 교활한 머리를 굴렸다. 그는 수부 2명을 보내서 서신을 강화부 숙소에 있는 부대신에게 전하라 하였다.

"지금 본국에서 다마우라함이 도착했다. 적재적소에 나타났으니 조선 측에는, 우리 정부에서 독촉의 명을 가지고 왔다고 선전하라. 또 전에 남겨 두었던 의장병을 무장시켜 운송해 왔다고 하라. 각 함대에 연락하여 어지럽게 불탄신호탄을 발사하여 다마우라함을 환영하고 있다고 하여라. 모두 필요해서 하는 조치이다."

일본인의 특기는 자기보다 하수에게는 무조건 겁을 주는 것이다. 그 대신 자기보다 한 수만 위여도 그 자리서 덥석 엎드려 목숨을 구걸하는 것이다. 그런 소인들의 무사 근성을 경험해 본 적이 없는 조선의 사대부들은 우리의 상식이 조금도 통하지 않음을 보고서야 상대가 왜인이란 것을 알고 소스라쳐 놀라곤 하였다.

강화유수 조병식이 정부에 상신하여 모집했던 전국의 포수 90명이 도착하여 강화유수영에 배치 합류하였다. 그러나 조병식 스스로도 알고 있었다. 저 군함과 대포, 기관총 앞에 구식 포수들이 무슨 소용이 있겠는가? 자기가 보기에도 한심스러웠다.

신헌의 이아 숙소에는 미야모토 코이치가 직접 만나서 알릴 것이 있다고 하면서 여러 차례 접견을 요청하였다. 그래서 병 때문에 아직 접대할 수 없으니 내일 조금 차도가 있으면 이쪽에서 먼저 연락해서 만나는 것이 좋겠다고 하였다. 그러자 해시亥時, 저녁 10시 경에 미야모토와 스기모토가 문밖까지 와서 접견을 요청하였다. 그래서 부득이 불러들여서 만나자 미야모토가 말하고 스기모토가 통역을 맡는다.

"우리 도쿄 정부의 대신들이 사신의 일의 순조로운 성사 여부를 탐문하려고 다마우라함 한 척을 파견하였는데 그 선박이 조금 전 도착했습니다. 일정의 촉박함이 이와 같습니다. 또 정부에서 우리 대신에게 서찰을 보내 독촉하는 것이 마치 불과 같습니다."

이어서 품속에서 서류를 하나 꺼내 보여 주는데 저들의

국문으로 한문을 섞어 쓴 것이어서 자세한 뜻은 알 수 없지만, 대략적인 뜻은 "사신의 일이 지체되고 있어서 온 나라 신민의 의론이 들끓고 있다. 그래서 육군경陸軍卿, 육군참모총장 야마가타 아리토모山縣有朋로 하여금 즉시 출동할 수 있는 군대를 아카마가세키赤間關, 시모노세키의 옛 이름에 숙영 대기시키라고 명하였다."는 내용이었다. 신헌은 이 글을 보고 온몸이 오싹하고 오늘 내일 사이에 임진왜란이 터지는 것 같은 환영을 보았다. 일본인의 겁박하는 수법을 알 리가 없는 신헌은 철석같이 믿을 수밖에 없었고, 공문서를 조작하여 가지고 오리라고는 상상도 할 수 없는 조선의 선비는 무서워 벌벌 떨 수밖에 없었다. 신헌은 즉시 치계로 의정부에 보고하였고, 의정부로부터는 즉시 전국 관아에 조일 양국의 충돌이 일촉즉발임을 숨 막히게 알리는 파발의 말발굽 소리가 강산에 메아리치고 있었다.

강화도조약은 체결되고

1

진눈깨비가 흩날리는 추운 겨울 날, 약초를 캐러 나온 한 남자가 적막한 산 속을 헤매고 있다. 날은 어두워지는데 목은 마르고 망태기에는 약초는커녕 도라지 한 뿌리의 수확도 없다. 초조하고 갈증이 나 헤매고 있을 때 어디선가 산골짝 물 흐르는 소리가 가느다랗게 들려 왔다. 목을 축일 수 있으려니 하고 급히 산모롱이를 넘어서려는데 돌 모서리에 걸려 사정없이 몸이 내팽개쳐졌다. 일어서려고 아무리 몸부림을 쳐도 몸이 말을 듣지 않는다. 그때 저쪽 바위 틈에서 커다란 늑대 한 마리가 눈에 불을 켜고 노려보고 있다. 일어서야 한다며 몸을 움직여 보지만 늑대는 서서히 이쪽으로 발걸음을 옮긴다. "아아, 사람 살려!" 몸을 뒤척이며 소리를 질렀다. 그러나 목소리가 안으로 잦아들어 겨우 모기 소리만 한 소리가 나와 자기 귀에도 들릴락 말락 하였다. 늑대는 점점 다가오는데 몸은 말을 듣지 않고 소리도 나오질 않아 몸부림치다가 벌떡 잠이 깨였다. "꿈이었구나." 신헌은 숨을 길게 내쉬고 창가로 걸어가서 커튼 한 쪽을 밀어젖혔다. 조용한 군아의 뜰에 함박눈이 하염없이 내리고 있었다.

오늘은 또 무슨 일이 일어날까? 문밖에서 하인이 강화유수영에서 올라온 장계를 대령했다고 고한다. 조병식 유수가 보낸 장계였다.

영종 경내에 이양선의 숫자가 점차 증가하여서 의아스럽고 괴이한 생각이 들었습니다. 그래서 저들이 체류하는 곳에 통역을 보내서 탐문케 하니, 저들이 전어관 최조우라세와 스기모토김인승를 보내어 일본국에서 사사使事의 복명을 재촉해서 육군경 야마가타 아리토모가 직접 나온 것이라고 회답했습니다. 그리고 시모노세키와 나가사키에 즉시 출동을 기다리는 수만의 육해군이 대기하고 있다고 했습니다.

신헌은 하늘을 쳐다보았다. 흐린 날씨인데도 무심히 내리는 눈발이 분명히 시야에 잿빛으로 들어왔다. 사단은 벌어지고야 마는가? 조정에서는 왜 아직 소식이 없는가? 사단이 벌어진다면 사흘 안이라고 직감하였다. 임진왜란 때는 왜군이 부산에 도착하여 보름 만에 서울까지 점령하고 말았지만, 그때는 걸어서 온 행군의 속력이었고 지금은 차량을 이용할 것이다. 아니, 지금은 출발 지점이 부산이 아니고 인천이 될 것이다. 인천에서 서울까지는 한나절 거리이다. 시모노세키에서 본진이 도착하기 전, 현재 강화도에 머무르고 있는 병력만 진격하여도 서울은 위험천만이다. 아아, 이를 어찌하면 좋으리.

그런데 사실 육군경이 직접 도착했다는 말은 김인승이 개인적으로 꾸며 낸 말이었다. 처음에 이 발상을 구로다에게 아뢰자 구로다는 입이 귀밑까지 찢어지며 "과연 김공이로군!" 하면서 극찬하여 주었다. 김인승은 오랫동안 경흥부의 서리 생활을 한 경험에 비추어 조선 관리들의 심리를 꿰뚫어 보고 있었다. 한 번 겁을 먹고 쫓기는 쪽은 어떤 협박도 다 통한다는 것을 알고 있었던 것이다. 쫓는 한 명의 병사가 쫓기는 백 명의 병사보다도 두려운 이치인 것이다. 특히 조선인이 유독 그런 경향이 심하다. 조선 민족은 신바람을 탔을 때는 두 배, 세 배, 열 배, 스무 배의 힘이 나오지만 한 번 의기소침하고 기가 꺾이고 나면 아무것도 못하고 주저앉고 마는 특성을 지니고 있다. 임진왜란 때 이순신 장군은 해전에서 23전 23승을 하고 있었는데 반하여, 육전에서는 거의 백전백패를 하고 있었던 것이 이를 잘 대변해 주고 있다. 그때 조선의 해군은 사기가 충천해 쫓는 병사였고, 육군은 완전히 사기가 바닥을 치는 쫓기는 병사였던 것이다. 똑같은 사람에 똑 같은 무기를 가지고 싸운 데도 이런 결과가 나온다는 것은 조선 민족만의 특성이 아닐 수 없었다.

이때 또다시 문밖에서 하인로부터 접견대관에게 보내는 정부 관문이 도착했다고 고한다. 관문을 받아 보니 의정부에서 온 것인다.

정월 30일양 2. 24, 어제 전교하시길 '조약 책자가 이제 올라왔으니 비준 문서를 의정부에서 별도로 작성하여 내려 보내라'고 하셨다.

의정부에서 올라온 조약 책자를 임금께서 직접 보시고 허락하는 바이니 비준 문서를 작성하여 강화로 내려 보내라는 어명인 것이다. 또 한 장의 장계에는 "삼가 하교에 따라 비준 문서를 수호조규와 함께 책자로 만들어 내려 보냅니다. 금군禁軍 진경희와 현재룡이 가지고 갈 것입니다." 하는 내용이었다. 신헌은 가슴을 쓸어내렸다. 죽으란 것은 아닌 모양이라고 하늘을 쳐다보았다.

이 시각에 일본에서 공문을 가지고 온 연락선 다마우라함은, 실은 배가 낡아서 항산도에서 닻을 교체하고 기관실을 보수하느라 바빴다. 녹슬고 삐걱거리는 배에는 한 명의 병사도 타고 있지 않았다. 시모노세키에서 강화도까지 오면서는 속력이 자꾸 느려지고 멈추기까지 하여 선원들은 고향에도 못 가고 물귀신이 되는 줄 알았다가 이제 겨우 수리를 하고 있는 중이었다.

정오가 다 되어 갈 무렵 오경석과 현석운이 급히 구로다에게 뵙기를 청했다.

"저희들은 어제저녁에 서울에서 내려왔습니다. 조선 정부에서는 모든 것을 일본의 뜻에 부응하여 결약하라는 명이십니다. 강화부를 통해서 정식 공문이 도착할 것입니다만 결약시기는 모레 27일음 2. 3 오전 9시에 양측 대관이 만나서 조약서를 교환하도록 하자는 것입니다."

구로다는 이 말을 듣는 순간 좋아서 소리를 지르고 싶었고, 일어나서 오도리춤를 덩실덩실 추고 싶었다. 그러나 모든 육체의 본능적인 작동을 억누르고 근엄한 표정을 지으며 "음!"하는 허세 섞인 소리와 함께 당연한 결과라는 듯한 표정을 지어 주었다.

두 역관이 돌아가자 구로다는 즉시 겐부함에 설치해 놓은 신단神壇으로 잰걸음을 놓았다. 아무도 접근을 못하게 하고 신붕神棚에 향을 피우고 박장, 합장하고 오랫동안 고개를 숙여 가미사마에게 감사했다. 그는 언제나 어려운 고비를 만날 때 마다 신붕 앞에 섰다.

도쿠가와 막부를 무너뜨리고 왕정 복고를 할 때도 몇 번이나 죽을 고비를 당하였으나, 그때마다 신붕에 간절히 고개 숙여 빌었더니 가미사마는 자기 편을 들어주었다. 혼슈본주 북부와 홋카이도 등지를 근거로 마지막 저항을 하고 있던 막부군을 평정할 때도 죽을 고비가 한두 번이 아니었다. 그때마다 그는 신붕에 간절히 합장하고 빌고 빌었다. 역시 그때마다 신통하게도 가미사마는 자신의 편이 되어 주었다. 이번에도 천우신조로 자기의 뜻을 관철해 준 가미사마는 너무나 고마운 존재였다. 원래 일본 민족은 무인 사회로 언제 자기 목이 잘려나갈지 모르며, 엄청난 크기의 지진, 태풍, 해일이 사흘이 멀다 하고 일어나기 때문에 언제 자기가 저 세상으로 갈지 참으로 가미사마만이 알고 있었던 것이다.

"가미사마시여, 조선의 빗장을 풀어 주셔서 감사합니다. 황국이 조선을 잘 관리할 것입니다. 그러나 중국은 좀처럼 조선에 대한 종주권을 포기하지 않을 것입니다. 가미사마시여! 이 뒤로도 계속 부단하게 굽어 살피소서……."

구로다는 즉시 칙임관 3인을 포함한 주임관, 판임관 연석 회의를 소집하고, 내일 오후 4시에 다시 강화도에 상륙하여 중영의 숙소현 강화읍사무소로 복귀한다고 선언하였다. 몸놀림이 갑자기 빨라지고 있었다.

조약 체결 전날인 2월 26일음 2.2은 평화 속의 긴장이 감돌고 있었다. 조선 국왕과 일왕텐노으로부터는 동시에 성명이 나왔다.

비준

병자년 2월 1일에 판중추부사 신헌과 도총부부총관 윤자승이 아뢰기를, 금년 2월 2일에 대일본국 특명전권변리대신 구로다 기요타카와 특명 부전권변리대신 이노우에 가오루가 신臣 헌, 신 자승과 강화부에서 회동하여 조약문을 교환한다고 한다. 각 조항이 모두 타당하여 이미 비준을 내렸으니 영원토록 이를 시행하여 친목을 더욱 돈독히 하라. 그 조약 내의 시행해야 할 각 사안들을 너희 관민들은 모두 그 뜻을 받들어 한몸처럼 내용대로 시행하라.

대조선국주상 대조선국주상지보大朝鮮國主上之寶

천우天佑의 보호 아래 만세일계의 제위에 오른 대일본국 텐노가 너희 백성들에게 이 글을 선포하노라. 짐의 좋은 친구 대조선국 군왕은 본래 이웃 나라와 교제를 두터이 했다. 이번에 흠명전권대신 구로다 기요타카가 대조선국에 가서 전권 신헌과 체결한 조관을 짐이 열람하니 조관마다 타당하여 이미 그것을 비준하였다. 너희 백관들은 짐의 이 뜻을 받들어 한 몸같이 내용대로 처리하라.

진무천황神武天皇 기원 2536년 메이지 9년 2월 26일

대일본국황제 대일본황제새大日本皇帝璽

구로다는 전에 약속한 대로 조약이 성공리에 체결되면 조선 국왕에게 대포 한 대를 선물하기로 했기 때문에, 그 회전포回轉砲의 발사 연습을 하겠다고 했다. 구로다의 속셈은 물론 그것을 핑계로 강화도를 마지막으로 한 판 겁을 주고 떠나겠다는 속셈이었다. 신헌더러 참관할 군인 장교와 일반인을 추천하라고 했다. 신헌은 마지못해 인천부사 윤협에게 부탁하여 장교 몇 명과 오위장 김홍신에게 열무당에서 시험 발사하는 광경을 참관하라고 하였다. 윤협은 따로 일반 백성 1천여 명을 동원하고 기타 관료들이나 주위 일반인도 자유로이 열무당 사격을 참관해도 좋다고 하였다. 시험 발사

시간이 다가오자 흰옷 입은 일반인들은 짚신 신고, 갓 쓰고, 애기 업은 아낙네까지 인산인해를 이루었다.

회전포의 사격은 1백 칸과 2백 칸 두 종의 거리에 있는 바위를 맞추는 것이었다. 모두 3천 발을 단속적으로 발사했는데 2천여 발이 명중되며 두 개의 바윗덩이는 산산조각이 나 가루가 되었다. 명중되지 않은 산발탄은 옆의 흙이며 낙엽들을 사방으로 튀어오르게 하여 오히려 더 위협적으로 보였다. 이를 관람하던 조선 장교와 관민들은 겁에 질린 눈으로 감탄을 금치 못하고 있었다.

여기서 회전포라 함은 바로 개틀링 기관총이다. 열무당에서 시험 발사하여 위력을 자랑하던 그 6구의 총신이 돌아가며 불을 뿜는 개틀링 기관총이다. 일본인들의 정식 명칭은 '개틀링포' 일명 '회전속사포'라고 되어 있다. 생김새가 두 개의 바퀴가 있고 거대한 총구가 뻗어 있는 것이 마치 포와 같아서 일명 포라고도 하고 기관총이라고도 하는 것이다.

이어서 대관, 부대관에게 선물하기로 한 소총 연습 발사를 한다고 했다. 기증하기로 한 소총은 육연단총과 칠연단총이었다. 소총 사격은 원래 신헌에게는 말하지 않았던 것이었다. 그러나 오늘의 행사는 마치 회전포 사격 연습이 아니고 소총의 위력을 과시하는 시간 같았다. 대포는 함선에서 기관총은 집사청에서 충분히 과시하였으나, 아직 조선인에게 소총의 위력을 정식으로 보여 준 적이 없기 때문에 이번이 좋은 기회라고 생각하였다.

사격 방법은 먼저 육연단총 저격수 20명이 나와서 2열로 섰다. 전열 10명이 6발씩을 쏘고 앉아 탄창을 끼워 넣는 사이에 후열이 즉시 사격을 가하고, 후열이 사격을 가하고 앉아서 탄창을 끼워 넣는 사이에 전열이 일어나서 사격을 가하고, 앞뒤 열이 앉았다 섰다를 계속하며 사격은 이어지고 있었다. 이렇게 하니 중간에 간격도 없이 연발총의 역할을 하고 있었다. 그런데 무엇 때문에 그렇게 많이 사격을 하는지 알 수 없는 일이었다. 한 사수가 6백 발씩을 발사하고 있었다. 이어서 칠연단총도 똑같이 20명의 사수가 7백 발씩 갈겨 대고 있는데 그 명중률은 거의 백발백중이었다. 타깃은 앞에 있는 느티나무인데, 그 거대한 느티나무가 벌집이 되어 버리더니 이어서 스르르 한쪽으로 쓰러지며 초가집 두 채를 덮치고 만다. 강화의 하늘은 또 한 판 천지가 진동하였고 큰 짐승 소리에 놀라 작은 짐승이 쥐구멍을 파고드는 형국이었다. 쓰러진 두 채의 민가는 인명 피해는 없었다. 마침 자기 집 앞에서 벌어진 신식 무기 사격놀이를 구경하기 위하여 모두 나와서 구경하고 있었기 때문이다. 두 채의 민가에는 일본 병대에서 충분한 변상을 해주기로 하였다.

유병모는 김인승을 따라 일본에 올 때 김인승의 탁견에 감복했던 사람이다. 그러나 오늘까지 김인승의 거동을 보고 가끔 혼자 고개를 내젓곤 하였다.

"김공, 과연 우리가 하는 일이 옳은 것이오?"

"어찌 그런 말씀을 하십니까. 마음이 흔들리시면 안 됩니다. 이것은 구국의 일념입니다."

"그러나 다마우라함은 우편 연락선인데 군대를 싣고 체결 독촉 차 왔다고 하고, 신헌 대관에게 가짜 공문서를 보여 준 것은 이해하지 못하겠습니다. 그 공문서는 김공의 생각을 야스다 시게노리가 쓴 것 아닙니까?"

"그렇습니다. 그러나 그것이 회담을 성사시키는 데 얼마나 큰 역할을 하고 있다는 것을 유공이 잘 아시지 않습니까?"

"육군경이 이곳까지 직접 왔다는 거짓 사실도 순전히 김공의 생각 아닙니까?"

"유공! 저를 너무 이상하게 보지 말아 주세요. 오직 우리나라가 개국을 하지 않으면 안 된다는 충정이오. 그 목적만 달성된다면 공과가 상쇄되고도 남을 일이라 생각하오."

"저도 개국에는 찬성하는 사람입니다만 정정당당하게 해

야지 속임수를 쓰면서까지 해야 될까요?"

"정정당당하게 하면 개국은 어렵습니다. 개국이라는 큰 목표 아래서는 모두가 너무나 작은 문제에 불과합니다."

"조약문의 내용들도 우리가 불리한 게 너무나 많았습니다."

"그것은 조정 대신들이 충분한 토의를 거치고 상감마마께서 윤허해야만 되는 문제이니 거기에 대해서는 우리가 관여할 바가 아니지요."

"조약문에는, 양국이 우호 관계를 맺은 이상 피차 백성들은 각기 마음대로 무역한다고 되어 있습니다. 얼핏 보기에는 마치 호혜 조항 같이 보이지만 우리가 무슨 배가 있어서 일본 해안까지 가서 무역을 합니까. 일본의 일방적인 조선 침탈이지요."

"물론 지금은 우리가 일본까지 가서 무역할 배는 없지요. 그러나 우리도 어서 힘을 길러 일본과 똑같이 되어야지요. 유공! 그런 것은 국가에 맡기면 됩니다. 우리 조정에도 다 바보들만 있는 건 아닐 것입니다. 충분히 숙고해서 결정했겠지요. 지금은 개국이 급합니다. 유공과 저는 개국이라는 큰 방향이 같지 않습니까?"

그들의 대화는 길게 이어졌지만 언제나 어느 곳에 이르러서는 그 자리서 맴돌곤 하였다.

2

조약이 체결되던 날인 1876년 2월 27일음 2. 3은 양쪽이 다 허탈한 심정이었다. 식은 오전 9시에 시작하기로 되어 있었고 장소는 첫날 회의를 하던 연무당 마당이었다. 연무당 가를 흐르는 무심한 동락천은 무엇을 아는지 모르는지 끊이지 않고 졸졸졸 조용히 소리를 내며 흐르고 있었다. 식장에는 미리 도착한 신헌과 윤자승이 각자 종1품, 종2품의 무관직 공복을 입고 복두, 포, 대, 화를 갖춘 채 앉아 있고, 주위에는 조선 관원들과 일본 관원과 일본 병대들이 줄지어 서 있다. 복두는 관료의 권위를 상징하는 것이련만 오늘따라 두 대관의 복두는 권위는커녕 오히려 매미 날개처럼 희화적으로 보였다. 종자가 와서 일본 대표단이 중영의 숙소를 출발했다고 알려 온다.

숙소 문을 나서는 일본 측의 모습을 보면, 차비관 현제순의 주관 하에 맨 앞에 조선 측 의장대가 고취를 울리면서 행진하고, 그 뒤로 구로다와 이노우에가 서양식 연미복을 입고 약간 떨어져 걷고, 그 뒤로 다네다 소장, 미야모토 대승, 가바야마 중좌, 모리야마 권대승, 야스다 개척소판관, 고마키 간사, 스즈키 7등출사, 그리고 역관으로 우라세 유타카,

아라카와 토쿠지, 스기모토 니노부杉本仁信, 김인승가 뒤따른다. 맨 마지막에 일본 해병 70명이 소총에 착검을 하고 절도 있게 보행하고, 열에서 벗어난 개척사 15등출사 가와타 키이치河田紀一는 큰 사진기를 세우고 한 장씩 정성들여 셔터를 눌러 댄다. 연도에는 상당히 많은 흰옷 입은 일반 백성이 발걸음을 멈추고 처음 보는 이상한 광경을 관람하고 있다.

일본 대표단이 식장에 도착하자 첫날처럼 미야모토의 사회 아래 식이 진행된다. 식장은 마치 불당처럼 삼면에 휘장을 치고 중앙 뒷면에 병풍을 쳤다. 그 앞에 조인 탁자가 놓여 있고 양쪽에 의자들이 놓여 있다. 오늘은 세 명의 역관이 탁자 맞은편 중앙에 서 있고 그 중에서도 김인승이 서명 날인을 돕고 있다.

구로다가 인사 겸 상견의 예를 갖춘다.

"날씨가 맑고 아름답습니다. 이제 수호 책자에 검인하고 교환하게 되었으니 실로 양국의 만행이 아닐 수 없습니다."

"오랫동안 해상에서 노고가 많았습니다. 아쉬움이 아직도 남아 있는데 이렇게 다시 청의淸儀를 접하게 되어 매우 반갑고 위안이 됩니다. 더구나 3백 년 옛 우호를 이제 중수해서 피차 사신의 일을 완수하게 되었으니 만행이고말고요."

신헌이 조선 측을 대표하여 인사를 받는다. 이어서 12관으로 이루어진 수호조규 두 책에 상호 서명, 검인한 후에 비준 1책과 서사敍事 1책을 저들에게 전달하고, 일본도 김인승이 번역한 조규의 한문본 1책과 일문본 1책을 조선 측에 전달한다.

조선국은 자주의 국가自主之邦로 일본국과 동등의 권리를 보유한다. 이제부터 양국은, 화친한 사실을 표시하려면 모름지기 서로 동등한 예의로 대우하여야 하고 조금이라도 상대방의 권리를 침범하거나 의심하지 말아야 한다. 우선 이전부터 사귀어 온 정의를 손상시킬 우려가 있는 여러 가지 규례들을 일체 혁파하고 되도록 너그러우며 융통성 있는 규정을 만들어서 영구히 서로 편안하도록 한다.

이 제1관부터 억장 무너지는 소리이다. 조선은 졸지에 일본 덕분에 자주의 국가가 되어 버리고 말았다. 고양이가 쥐 생각해준 격의 이 '자주지방自主之邦'이라는 명칭을 조선인 아무도 즐거워하는 사람은 없었다. 자주지방뿐인가, 일본이 조선에 대하여 어떤 짓을 해도 그 권리를 침범하거나 의심해서는 안 된다고 되어 있으며, 또한 이 뒤로도 더 많은 규정을 만들어서 영구히 일본을 편안하게 해야 한다고 되어 있다. 한편 일본의 입장에서는 일단 청국의 간섭을 배제한다고 명문화시키는 데는 성공했지만 청국이 이를 호락호락 승인할 리가 없다. 이제 청일 양국은 조선을 놓고 어차피 한판 생사결판의 승부청일전쟁가 남아 있었다.

일본 측으로부터 받은 문서 일체는 차비관 현제순이 의정부로 가지고 가려고 대기하고 있었다.

구로다는 조인하는 마당에서도 조선을 옥죄는 말을 빠트리지 않는다.

"일전에는 '대조선국군왕지보大朝鮮國君王之寶'라는 옥새로 찍겠다고 했는데 지금 갑자기 '주상지보主上之寶'로 찍는 것은 참으로 의아스럽고 당혹스러운 일입니다. 출발 일정이 촉박하여 어쩔 수 없이 우선은 받아 가지만, 우리 조정에서 아마 의론이 있을 것이니 그것 때문에 마음이 개운하지가 않습니다."

신헌은 명분론이라면 가만있을 수 없다는 듯 한 마디 한다.

"'주상'과 '군왕'은 동일한 위호位號입니다. 군상君上이 관민에게 효유하는 것인데 어찌 주상이라는 칭호를 쓰면 안 될 이유가 있겠습니까?"

구로다는 마치 원칙은 안 되는 일인데 선심이라도 쓰는 척 하는 투이고, 신헌은 마치 무엇인가 얻어 낸 것이라도 있는 듯한 어투이다. 구로다는 이렇게 아무런 실익도 없는 위호 문제를 끝까지 물고 늘어짐으로 알맹이를 다 빼 가는 세부 사항에 신경을 쓰지 못하게 하고 있었다. 이어서 양측의 선물 교환을 할 차례였다.

구로다가 먼저 선물 보따리를 내놓고 말한다.

"비록 정성도 부족하고 선물도 보잘것없지만 부디 진헌進獻해 주시기 바랍니다."

신헌이 이에 응수한다.

"마땅히 진헌할 것입니다. 저희들도 물건은 보잘것없지만 정을 표시하고자 마련했습니다."

구로다는 신헌을 보고 사뭇 정중하게 말한다.

"전별 선물이 이처럼 후한 데다가 수행원들까지 배려해 주셔서 감사하기 이를 데 없습니다."

그런데 조선 측에서 주는 선물에는 비단, 호피, 표피, 인삼, 녹용 등 외에 서책으로 사서四書와 『동몽선습童蒙先習』, 『계몽편』이 들어 있었다. 그 대신 일본 측이 주는 선물에는 회전속사포, 육연단총, 칠연단총, 장금도裝金刀, 술, 말, 홍견紅絹, 연초 등 외에 서책으로는 『국사략』과 『속국사략』, 『일본외사日本外史』가 들어 있었다.

양측의 선물 교환은 이번 병자수호조규의 성격을 가장 명료하게 대변해 주는 표증이었다. 물품도 그렇지만 한국에서 선물한 사서는 『논어』, 『맹자』, 『중용』, 『대학』의 네 가지 중국 경서이고, 『동몽선습』은 천자문 다음에 배우던 어린이용 한문 초급 과정 교재이며, 『계몽편』은 동몽선습에 덧붙인 어린이 도덕 수양 한문책이다. 조선의 3대 교과서인 셈이다. 이것은 두 말 할 필요 없이 주체 사상은 전무하고 모두가 조선이 소중화임을 자처하는 모화 사상의 표상이었다.

이에 반해서 일본에서 선물한 『국사략』은 당시까지 일본에서 가장 정리된 일본 통사였다. 신대神代. 귀신시대에서부터 대정 16년1588 고요세이 텐노後陽成天皇가 취락제聚樂第로 행행하면서 끝난다. 『속국사략』은 그 계속으로 당시의 명치기까지 이어진다. 『일본외사』는 야담식이어서 신빙성이 없지만 무신 가문의 흥망성쇠를 중심으로 가계별로 서술한 것이다. 이들 일본인이 선물한 서책은 그들의 황국사관에 입각하여 역사를 마음껏 날조한 일본판 중화 사상의 표상들이었고, 가히 일본의 3대 교과서라 할 만하였다.

신헌과 구로다가 마지막 인사를 나눈다.

"언제 떠나십니까?"

"내일 새벽에 떠날 것입니다."

조인식의 형식이 끝나자 연향宴饗이 시작되었다. 심드렁

한 풍악이 울리고 있었으나 그것을 감상하는 사람은 없었다. 이내 고적나팔이 그치고 모두 하나둘 씩 자리에서 일어났다.

오전 중에 모든 조인식 절차는 다 끝나고, 일본 측은 오후 1시 30분에 귀선까지 마쳤다. 제함의 함장들이 겐부함에 모여 구로다에게 축하를 보냈다. 모처럼 큰 소리로 한바탕 웃어 젖히고 있었다. 특히 다카오함의 함장 해군 소좌 이노우에 요시카의 감회는 새로웠다. 자기가 노심초사로 일으킨 운요호사건이 이렇게 완벽한 결실을 맺다니.

"각하! 제가 간빠이건배를 한 번 제창해도 되겠습니까?"

"그렇지! 오늘 이노우에 요시카 군의 감회가 가장 깊을 것이오. 운요호에서 이 실마리를 만들어 주지 않았다면 오늘의 성공은 없었을 것이오."

"저야 조정에서 결정한 대로 결행했을 따름입니다."

"그렇게 말한다면 나도 마찬가지지. 텐노 폐하의 신하로서 텐노 폐하의 지시를 따른 것뿐이니까."

"그럼 제가 간빠이를 제창하겠습니다. 텐노 헤이카 반자이天皇陛下萬歲!"

"반자이! 반자이! 반자이!"

겐부함은 모처럼 꽃이 송이송이 피어나는 봄날을 맞이하

고 있었다.

일부 숙소에 남아서 뒤치다꺼리를 하는 사람은 김인승과 유병모, 그리고 미야모토, 노무라, 스즈키, 마쓰오카, 고바야시, 아마리 코치甘利後知였다.

현해탄을 헤치고

1

1876년 2월 28일, 일본의 제함이 떠나는 이 날은 새벽 4시부터 일손이 바빴다. 숙소와 조선 관헌에게서 빌린 물건들은 강화부 집사에게 반환하고, 조선인 인부 30명이 물건을 운반하여 9시까지 모두 승선시켰다.

10시에 항산도에 머무르고 있던 모든 일본 함선은 일제히 출항하였다. 나카노 쿄타로中野許太郎 외무 6등서기관과 한어 역관 7명은 만슈함滿珠艦을 타고 부산의 왜관으로 출발하였고 김인승, 유병모는 겐부함을 타고 본대에 합류하였다.

그들이 떠난 이틀 후인 3월 1일, 고종은 수정전에서 일사를 접견한 신헌과 윤자승을 소견召見하고 있었다.

주상이 수고했다는 덕담을 한다.

"무사히 다녀오셨습니까?"

신헌이 왕의 칙사답게 우러러 왕께 인사한다.

"왕조의 덕위德威가 미치는 곳이어서 별 탈 없이 다녀왔습니다."

윤자승도 한 마디 한다.

"왕조의 덕위에 힘입어 신 또한 무사히 다녀왔습니다."

고종은 두 사람을 번갈아 보며 치하한다.

"이번에 노고가 많았습니다."

신헌과 왕은 더 이야기가 계속된다.

"왕조의 일은 마땅히 견고히 해야 하는 것인데 어찌 감히 수고롭다고 하겠습니까?"

"저들의 배가 이제 물러갔으니 참으로 다행입니다."

"처음에는 과연 안위에 관계되는 바가 없지 않았습니다만 이제 모두 물러갔으니 참으로 국가의 홍복이 아닐 수 없습니다."

"지난번에 문답 장계를 보았더니 잘 응수하였더군요."

"왕조의 위엄에 의지하고 조정의 계책에 힘입어 요행히 사명을 완수할 수 있었습니다."

"이번의 노고를 내가 잘 알고 있습니다. 이제부터 국서는 없애는 것입니까?"

"그렇습니다. 우리나라의 의정부와 저들의 태정부太政府,

그리고 예부와 외무성이 상호 왕복하기로 약조하였습니다. 신이 들으니, 저들의 교육법은 여덟 살에 입학해서 열여섯 살이 될 때까지 책을 읽히며, 그 이후로는 오직 명물도수名物度數의 학문만을 숭상한다고 했습니다. 따라서 이제부터 한문에 점차 어두워지게 될 것입니다. 심지어 조규에서도 한문 번역은 단지 10년을 기한으로 시행하기로 정했습니다. 그렇다면 10년 후에는 이해할 수도 없게 될 것이니 실로 작은 문제가 아닙니다. 반드시 저들의 글을 능숙하게 익혀야 저들의 실정에 통달하고 사무를 논할 수 있을 것입니다."

"우리 측 역원들의 역어에 잘못은 없었습니까?"

"큰 잘못은 없었습니다만 지금 우리나라의 역원 중에는 저들의 국문을 완전히 해득할 수 있는 자가 없습니다. 이번에 우리 측 역원이 일을 돕기는 하였으나 거의가 저쪽에 힘입은 바가 큽니다. 저들의 말을 이해할 수 있는 자가 없으니 이처럼 다사다난한 때를 당하여 실로 안타깝기 그지없었습니다. 반드시 별도로 신칙하셔서 왜어뿐만 아니라 다른 서구의 언어까지 정통하게 학습시키는 것이 급선무 중의 하나입니다."

"우리는 10년 동안 쇄국을 하는 사이에 10년 동안 후퇴를 하고 말았습니다. 또 하실 말씀이 있으면 모두 말해 주세요."

"저들의 역관 중에 최조崔助, 우라세 유타카라는 자가 있었습니다. 그는 열다섯 살 때부터 동래 왜관에 와서 거류하여 역어를 아주 잘 익혀서 큰 도움을 받았습니다. 그런데 최조보다도 더 역어가 완벽한 스기모토 니노부김인승란 자가 있었는데 그는 조선어·왜어뿐만 아니라 한문까지도 실력이 출중하여 일본 측, 조선 측 모두에게 큰 도움이 되었습니다. 우리 조정에 올린 한문 번역본도 거의 스기모토가 혼자 역어한 것입니다."

"그래요? 우리나라에도 그런 인재가 한 명이라도 있었으면 얼마나 좋았겠습니까? 참, 양속洋屬을 금단한다는 것을 저들에게 다짐했습니까?"

"실로 누누이 언급했습니다. 또한 미야모토 코이치로부터 양선洋船과 양인을 데리고 들어올 수 없고, 서학과 아편도 엄금한다는 내용으로 수록手錄을 받아 와서 좌계左契로 삼았습니다."

이날 고종과 신헌의 대화 중에는 일본의 음흉한 계략을 꿰뚫어 보는 대목은 한 곳도 없었다. 이번 조규 때문에 조선을 놓고 청일 양국이 한 판 전쟁을 벌일 것이며, 러시아와도 한바탕 회오리바람러일전쟁이 칠 것이며, 결국 그 때문에 조선이 망하고 말리라는 것은 꿈에도 상상 못하고 있었다.

한편 일본 함대는 강화를 출발한 이틀 후인 3월 1일에 시모노세키에 도착하였고, 그로부터 사흘 후에 구로다와 이노우에는 일반 선박을 타고 요코하마에 도착하였다. 궁내 의례 담당인 시키부 카시라式部頭가 직접 요코하마까지 출영 나왔다. 정원正院에서 보내온 마차 1대와 자동차 3대에 나누어 타고 일단 신바시 철도관新橋鐵道館에 투숙하였다가 다음 날인 3월 5일 복명식復命式에 참석하였다.

텐노는 정청正廳 섬돌 위까지 마중 나와서 맞이하였다. 전쟁터에서 장수가 승리를 하고 돌아올 때 하던 파격적인 대우를 하고 있었다. 계단 양쪽에는 대신, 참의, 시키부 카시라 등이 줄지어 서 있고, 아울러 궁내경宮內卿, 시종 등 다수가 쥐 죽은 듯이 조용한 분위기에서 줄서서 텐노의 일거수 일투족에 눈이 따라가고 있었다. '문식聞食, 텐노의 초대 식사'에는 외무경, 내무경, 대장경大藏卿, 재무부 장관, 육군경, 해군경만 배석하였다. 텐노는 근엄한 얼굴로 그러면서도 애써 따스한 얼굴로 양 대신을 맞이한다.

"참으로 수고가 많았습니다. 조약문을 아주 자세히 보았어요. 보면 볼수록 안에 포함된 내용이 모두가 우리에게 유리하게 되어 있더군요."

"저와 부대신이 신명을 다 바쳤습니다만 혹시 부족한 점이 없는지 모르겠습니다."

"아니에요. 아주 훌륭했습니다."

이때 외무경 데라지마가 자기의 공로를 놓칠세라 얼른 끼어든다.

"이번 조선에서 얻은 소득은 황국이 해외에서 얻은 첫 승전보입니다."

"그렇습니다. 변리대신 구로다 군은 지금까지 왕정 복고에 커다란 공로를 세운 충신입니다만 이번에 세운 공로야말로 지금까지의 모든 공로를 합한 것에 못지않게 큽니다."

육군경 야마가타가 말을 하자 해군경 가츠 아와勝安房, 가츠 가이슈勝海舟의 새 이름도 말을 받는다.

"일본 해군의 위력을 이번에 유감없이 발휘한 쾌거입니다. 이번의 경험을 살려 이제부터 해외 진출에 차질 없게 하겠습니다."

"짐은 조선이 항상 중국의 그늘에서 벗어날 줄 몰라서 안타까워하고 있었습니다. 이번에 여러분의 공로로 조선이 일본국과 같은 '자주지방'이 된 것을 경하해 마지않습니다."

텐노의 말에 토를 다는 사람은 아무도 없었다. 이어서 텐노는 내각에 칙어勅語라는 것을 발표하였다.

짐은 기요타카淸隆, 가오루馨 등을 조선국에 파견하였고, 그들은 중임을 맡고 발분하여 그 사명을 완수하였다. 다시 새로운 조약을 호환互換하여 양국의 화평을 완수하라. 짐은 대단히 기쁘도다.

한편 이날은 전 일본의 경축일이 되었다. 도쿄인민총대東京人民總代가 주축이 되어서 도쿄 전역의 민가에 히노마루日の丸 국기를 꼽게 하고 축제 분위기를 조성하였다. 여기저기서 만세 소리가 메아리치기도 하였다. 그러나 오늘의 경축을 경축으로 받아들이지 않은 축이 훨씬 많았다.

"뭐야 이거, 우리가 고작 이런 정도의 소득을 가져오려고 지금까지 정한론을 주장했는가? 전국이 아수라장이 된 결과가 고작 이것인가?"

"조선을 정벌하자는 것이 아니었던가? 청국에서 떼어 낸 것으로 만족한다면 언제 또 정벌하겠다는 것인가?"

"사이고 다카모리가 통탄할 일이다. 참수 효수된 에토 신페이의 대가가 고작 이것인가?"

거리의 분위기는 흉흉하였다. 정부 측의 의도와는 달리 전국적인 반한 정서는 확산일로에 있었다. 특히 사이고의 고향인 사쓰마의 가고시마 지역은 참으로 일촉즉발의 분위기였다. 사이고가 일으킨 '세이난전쟁서남전쟁'이 일어난 것은 다음 해 2월이었다.

2

겐보쵸 17번지의 오사카옥은 여전했다. 김인승이 1월 초순에 떠나서 3월 초순에 돌아왔으니 두 달간 비운 집인데, 어느덧 차가운 겨울에서 따스한 봄기운을 맞아 탐스러운 매화꽃이 환히 정원을 밝히고 있었다. 하늘은 쨍그렁 깨질 것같이 맑고 파란 공간이 높이 펼쳐졌다. 기모노를 입은 여관집 아주머니가 맨 먼저 달려 나와 낮은 대문의 문을 따고, 일손을 돕는 젊은 두 여인이 같이 정원의 중간까지 걸어 나오긴 하였지만 예전 같지 않고 어쩐지 찬바람이 도는 느낌이었다. 강화도 담판을 하고 있는 중에 일본 국내에서는 반한 감정이 들끓고 있었다는 소문이 진짜인 것 같았다. 그러고 보니 오사카옥까지 오는 도중에도 몇 사람 낯익은 사람과 마주쳤지만 그들에게서 전과 다른 싸늘한 시선을 느꼈었다.

현관에서는 다케후지 헤이가쿠, 세와키 히사토, 하야시

도케이젠, 그리고 이번에 같이 조선에 갔던 히로츠 히로노부가 같이 김인승과 유병모를 맞이한다. 넓은 방으로 들어간 그들은 이른 점심 겸 술자리가 마련됐다. 히로츠가 이번 귀국 보고를 할 겸해서 말을 꺼낸다.

"이번에 김공, 유공의 공로는 참으로 큽니다. 구로다 대신께서는 김공을 아주 신뢰하고 단둘이만 토론하신 적도 많았습니다. 김공은 특히 참모역과 한문 문장 작성에 아주 큰 역할을 담당해 주셨습니다. 유공도 역어와 부수영의 숙소 책임을 충실히 수행해 주셨습니다."

그러자 세와키가 말을 한다

"제가 사람을 잘 보았습니다. 김공은 감회가 깊겠습니다. 조선에서 러시아로, 황국으로, 조선으로, 이제 다시 러시아로 돌아갈 일이 남아 있군요. 유공은 내가 추천한 사람은 아니지만 김공이 추천했다면 틀림이 없지요. 내 이렇게 좋은 성과를 거두고 돌아올 줄 알았습니다."

이어서 다케후지가 말을 받는다.

"형님! 황국을 위하여 참으로 큰일을 해주셨습니다. 덕분에 일선日鮮 양국은 평화를 유지하게 되었습니다. 이제 시간 내셔서 저의 고향에 가서 부모님을 뵈어야지요."

"암, 뵈어야 하고말고. 내가 일본에 온 큰 목적 중의 하나가 너의 부모님을 뵙는 일이었으니까."

유병모가 하야시를 향해 묻는다.

"지금 일본 국내에서 일반 백성의 조선에 대한 인상은 어떻습니까. 강화도에서 들리는 소문으로는 온 국민의 관심이 조선일사朝鮮一事라고 들었습니다만."

"지금 황국의 온 관심사는 조선일사 맞습니다. 참고로 말씀드리지만 김공, 유공은 당분간 조선인이라는 티를 내지 않는 것이 좋겠습니다. 사이고 타카모리, 고토 신페이 이후 가장 안 좋은 상태인 것 같습니다."

"조선에 대한 인상이 좋지 않을 리가 없지 않습니까? 이번에 모든 것이 다 일본에게만 유리하게 조약이 체결되었지 않습니까?"

유병모의 이 항의성 발언에는 모두가 싸늘한 반응을 보였다. 유병모는 순간 약간 흠칫하였다. 마치 이들이 전혀 생소한 나라의 생소한 사람으로 느껴졌다. 김인승마저도 딴 나라 사람처럼 낯설게 보였다.

다케후지와 김인승, 유병모가 다케후지의 고향 옛 오슈奧州 땅 후쿠시마에 들어선 것은 일본의 봄이 한참 무르익을 때였다.

오슈 관문으로 유명한 고미네성小峰城은 4월의 벚꽃이 흐드러지게 만발하였다. 에도 시대의 초대 시라카와 지방 영주가 4년에 걸쳐 완성시킨 이 성은 평야의 나지막한 구릉에 세운 히라야마성平山城이다. 무진전쟁 때 소실되어 지금은 건물이 거의 남아 있지 않지만 그 화려했던 옛날을 상상하기에 충분했다. 다케후지는 고미네성의 성벽을 만져 보며 격세지감을 느꼈다. 삼중노三重櫓의 마루나 기둥에는 당시의 탄흔이 그대로 남아 있었다. 다케후지는 그때는 막부 편에서 신관군과 맞서 싸웠지만 지금은 신정부의 외무성 관원이 된 것이다.

성 주변은 시로야마城山 공원이 되어 있었다. 거기는 꽃을 머금은 장미가 5월이 되면 온통 물결을 이룰 모양이었다. 다케후지의 고향집으로 가는 길은 창고식 집이 아주 많았다. 이상해서 김인승이 물어보았다.

"다케후지, 저것들은 집이라기보다는 창고 아니냐?"

"그렇습니다. 잘 보았습니다. '구라藏'라고 하는 창고입니다. 이곳에서의 창고는 남자의 꿈의 결정체로 '남아가 40세가 되어도 창고를 짓지 않는 것은 수치다' 하는 속설이 있습니다. 이곳 남자들이 자기의 창고를 짓는 것은 정열을 가진 남아의 기개입니다. 보십시오. 창고의 형태가 비슷비슷하지만 자세히 보면 모두가 다릅니다. 남자가 품은 자기 낭만의 표현이지요."

이 말을 듣고 있던 유병모가 한 마디 한다.

"저기에 재물을 가득 채우겠다는 속셈인 모양이군. 조선에서는 부가 존경의 대상이 아니고 타도의 대상이라네."

"그것은 잘못된 것입니다. 부는 존경의 대상이 되어야 마땅합니다. 인류의 종국의 목표는 잘살겠다는 것 아니겠습니까? '햑쇼익키百姓一揆, 민중 봉기'가 일어나는 것도 결국은 자기들도 잘 사는 계층이 되겠다는 욕구의 발로에 지나지 않습니다."

"하기야 잘 살아 버리면 개인이고 국가고 다 끝나는 것이지만……."

다케후지의 시골집은 전형적인 일본 농가였다. 억새풀로 두껍게 볏단을 한 지붕은 우리의 초가집보다는 더 나아 보였다. 흙은 거의 사용하지 않고 나무와 판자로만 지은 목조 가옥에 싸리 울타리를 했다. 다케후지의 부모와 동생 남매가 뛰어나와 반갑게 맞이한다. 그런데 마루에 올라서자마자 그들 네 사람은 일제히 마루에 엎드려서 큰절을 한다. 깜짝 놀란 김인승과 유병모는 얼른 그들 부모를 일으켜 세우고 한국식 큰절을 하자, 그들은 또 따라서 더 넙죽 큰절을 한다. 일본인은 큰절을 할 때 '절 받으십시오' 하면서 하는 것이 아니고 아무나 먼저 순간적으로 엎드린 것이 예의인 것이다.

방은 모두 골풀로 짠 다다미 방이었고 마루는 나무 바닥과 이로리가 놓여 있었다. 마룻바닥을 사각형으로 도려 판 이로리 위에서는 검게 탄 주전자에 뜨거운 물이 데워지고 있었다.

"어머님, 아버님, 별고 없으셨습니까. 이 옷은 어머님께서 손수 지으셔서 다케후지 동생 편에 보내 주신 그 기모노입니다."

"잘 왔어요. 아주 잘 어울려요. 헤이가쿠한테 말을 듣고 어찌나 고맙던지. 헤이가쿠의 생명의 은인이 아닌가? 우리 부부가 세상을 뜨기 전에 꼭 한 번 보기를 원했는데 가미사마의 은덕으로 이렇게 빨리 보게 해주시다니."

"이번에 제가 일본을 오게 된 것은 세와키 히사토 백부님의 권고 때문이었습니다만, 부모님을 뵙고자 하는 것도 큰 목적 중의 하나였습니다."

"세와키 히사토 님은 헤이가쿠에게도 자네 다음으로 중요한 사람이라네. 이번에 외무성 직원이 된 것도 순전히 세와키 님의 추천 때문이었으니까. 또 블라디보스토크 사무소 직원이 되게까지 해주었으니 무엇으로 보답해야 할지 모르겠네."

이번에는 아버지가 말을 받아서 정겹게 말을 한다. 김인승이 이번에는 아버지에게 말했다.

"조선과 일본은 같은 종족입니다. 아주 사이좋게 지내야 합니다."

"종족이 같은 것은 잘 모르겠으나 보기만 해도 일본인과 꼭 같네요. 우리 헤이가쿠를 위해서 써 줬다는 시는 무식해서 해독은 못하지만 헤이가쿠가 풀어 줘서 잘 알았어요. 어찌나 고마운지."

"이번에 저도 세와키 백부님의 추천으로 구로다 기요타카 각하를 모시고 조선까지 가서 일조수호조규를 맺는데 진력했습니다."

"이곳까지 그 소문은 아주 파다하다네. 하여튼 이제 전쟁은 안 일어나게 되었으니 얼마나 다행인지. 참 이것은 우리 두 사람이 자네들이 오면 주려고 만든 유카타간편한 일본 옷와 게다라네. 모두 이 사람이 만들었다네. 그런데 게다의 밑창만은 내가 일본 오동나무로 깎았고 하나오끈는 이 사람이 손수 짠 명주실에 비단실을 섞어서 꼰 것이라네. 한 번 신어 보지 않겠나?"

김인승과 유병모는 일어나서 게다를 신어 보고 유카타를 입어보고 만족해 했다. 유병모가 말했다.

"대단히 감사합니다. 연해주에 돌아가서 다 헐어질 때까지 입고 신겠습니다. 일본의 농촌이나 조선의 농촌이나 비슷한 데가 아주 많습니다."

그들 노부부는 마치 친자식처럼 대해 주었고, 오후로목욕탕에 불을 지펴 놨다고 한다. 목욕을 하러 욕실로 가니 오후로 입구에 두 사람의 깨끗한 새 내의가 한 벌씩 가지런히 놓여 있었다. 욕탕은 큰 쇠가마인데 둘이 들어가기는 약간 좁았으나 가정집에 이런 시설이 있다는 것이 신기하기만 했다.

오후로가 끝나자 식사 준비가 됐다고 한다. 후쿠오카에서 많이 난다는 고사리와 두릅나물, 기타 여러 가지 산나물이 깨끗이 차려져 있고, 또 이 지방 명물이라는 커다란 배, 사과들이 광주리에 가득히 담겨져 나왔다. 이 지방의 질 좋은 쌀로 빚은 사케는 입에 달라붙을 정도로 입맛을 당겼다. 술을 좋아하는 김인승은 전에 세와키가 선물한 사케 이후 처음으로 기분 좋게 많이 마셔 보았다.

일본 농가의 정취는 밤이 되니 더욱 실감이 났다. 이로리에 불을 피우고 등잔불에 불이 붙자 오랫동안 그을린 바닥과 기둥, 굵은 들보가 검게 윤이 나며 넓은 마루가 완전히 이국적인 맛을 냈다. 김인승과 유병모는 사흘간이나 시라카와 농촌에서 휴식을 취하고 도쿄로 돌아왔다.

그런데 도쿄에서는 급박한 일들이 벌어지고 있었다. 그날 오후, 여관 밖에서 왁자지껄하는 소리가 들렸다. 여관집 아주머니가 나가 보니 동네 청년 대여섯 명이 찾아왔다.

"이 집에 조센징조선인이 묵고 있다는데 사실인가?"

"아니오. 조센징은 우리 집에 없는데요."

"뭐라고? 누가 이 집에 조센징이 묵고 있다고 하던데."

"그런 일 없어요."

"만약 거짓말 하면 알지. 조센징이 나타나면 즉시 우리한테 연락해, 알았지? 센징鮮人은 우리의 적이야!"

이 동네 불량배들인데 사뭇 등등한 기세여서 맞닥뜨리면 심히 안 좋을 것 같았다. 아주머니는 전에도 이들에게 행패를 당해 본 경험이 있기 때문에 임기응변으로 자리를 모면하였다. 아주머니는 몰래 방으로 들어와서 이런 사실을 말하고는 숙소를 옮기는 것이 좋겠다고 말한다. 하야시가 말한다.

"숙소를 오늘 중으로 옮기는 것이 좋겠소. 내가 세와키 씨와 연락해서 장소를 마련하겠으니 떠날 준비를 하세요."

다케후지와 유병모가 짐을 챙기고 하야시가 세와키와 통

화를 서두르는 사이에 김인승은 외교부에서 마련해 준 숙소를 떠난다는 보고서를 썼다.

감히 아뢰옵니다. 소생이 당지에 도착한 이후, 본성 외무성의 은혜로 오늘까지 무사히 지냈으며 한 번도 후회를 해본 적이 없습니다. 그런데 거리에서는 저어지탄齟齬之歎이 낭자하고 또한 행로에 두려운 마음이 들어 불안합니다. 의외의 일이 일어날 수 있으며 불의의 사고가 일어날까 두렵고 떨립니다. 소생이 거주하고 있는 숙소가 알려져서 신변에 위협을 느끼오니 지금 숙소를 옮길까 합니다. 바라옵건대 경시청警視廳에 이거移居 신청을 해주시기 바라오며 새로 주소가 정해진 대로 알려 드리겠습니다.

수결

메이지 9년 4월 18일

김인승 배백拜白

겐보쵸 17번지 오사카옥

저녁에 세와키가 동승하고 온 자동차로 시나가와의 한 세와키의 지인 집으로 숙소를 옮겼다. 어느 한적한 골목 안의 일본 가옥인데 집이 깨끗하고 조용하여 무척 기분이 안정되었다.

도쿄, 블라디보스토크

1

시나가와 숙소는 넓은 집에 아주머니 한 사람만 두 사람의 뒷바라지를 하고 있었다. 드나드는 사람은 세와키 히사토와 다케후지, 그리고 히로츠와 하야시가 전부였다. 이 집은 세와키가 존경해 마지않던 전 번서조소蕃書調所의 '토도리頭取' 고가 킨이치로高賀謹一郎가 별장처럼 사용하던 가옥이다.

둘은 일체 바깥출입을 하지 않다가 너무 지루하여 동네 한갓진 곳을 산책한 적이 있고, 동네 구멍가게에서 필요한 물건을 좀 사 가지고 들어온 것이 전부였다.

그러던 어느 날 오후, 밖에서 왁자지껄한 소리가 나서 창문으로 내다보니 30명쯤은 되어 보이는 군중과 아주머니가 실랑이를 벌리고 있었다. 그들의 대부분은 손에 몽둥이를 들고, 어떤 자는 긴 칼을 들고 있는 자도 보였다. 김인승은 순간적으로 오사카옥의 경험에 비추어 폭도라는 것을 직감하였다. 그 중의 일부는 아주머니를 밀치고 안으로 들어오고 있는 것이 보였다. 김인승과 유병모는 순간 짚이는 게 있어 급히 뒷문을 박차고 뜰로 나가 뒷담을 뛰어 넘었다. 그때 한 사내가 소리 질렀다.

"조센진다조선인이다."

"저쪽이다."

"고노 야로이놈!"

"잡아라!"

그들이 소리를 지르며 일제히 달려왔다. 김인승이 앞에서 뛰고 유병모가 뒤에 뛰다가, 유병모는 무엇을 결심했는지 갑자기 걸음을 멈추고 골목을 막아선다.

"유공! 빨리 뛰어요."

"김공! 내 걱정 말고 빨리 도망가세요."

"안 돼요. 빨리 와요."

"빨리 피해요, 빨리!"

그러는 사이에 폭도들은 더 가까이 접근하였고, 앞에 칼 든 자가 유병모를 향해 칼을 몇 번 휘두른다. 유병모는 이리 저리 몇 번 피하다가 태껸 아랫도리차기로 정강이를 걸어 찬다. '억!' 하면서 몸이 앞으로 구부러지자 앞발 돌려차기로 목줄기를 휘어감아 친다. 한 명이 널부러지자 다시 두 명의 칼 든 자와 한 명의 몽둥이 든 자가 맹렬히 달려든다. 유병모는 몇 번 피하며 공격을 하다가 땅에 떨어진 칼을 주워들고 싸운다. 골목이 좁기 때문에 뒤에서는 우왕좌왕 할 뿐 앞으로 나서지 못하고 있다. 유병모는 전에 병법을 익힌 적이 있기 때문에 순간적으로 좁은 골목을 막아서야겠다고 판단한 것이었다. 왜냐 하면 조금만 더 가면 골목은 끝나고 넓은 들판이 나오기 때문에 거기서는 완전히 포위될 수밖에 없었다.

유병모는 몽둥이 든 자 한 명을 쓰러뜨리고 또 칼 든 자는 배를 찔러 완전히 칼끝이 등 뒤로 불거져 나오게 하고 만다. 또 한참을 도망가다가 맨 앞에 달려온 칼 든 자를 멋지게 쓰러뜨려 목숨을 끊어 놓는다. 그러는 사이에 골목은 다 끝나가고 몽둥이패들에게 둘러싸이고 만다. 칼을 어지럽게 휘둘렀지만 워낙 많은 몽둥이의 공격에 칼이 땅에 떨어지고 만다. 유병모는 이제 넓은 들판을 향해 삼십육계를 놓았다. 어지럽게 따라붙는 폭도, 쏜살처럼 들판을 가로지르는 유병모, 쫓고 쫓기는 추격전이 한참 동안 이어졌다.

달리던 유병모가 갑자기 멈춰 섰다. 앞에 냇가가 가로지르고 있었기 때문이다. 냇물은 가장 깊은 곳도 키를 넘지 않았지만 거기를 건너려면 자연히 속력이 느려질 수밖에 없었다. 그러나 선택의 여지가 없었다. 물로 뛰어들어 거세게 물살을 가르며 앞으로 나아갔다. 그러나 벌써 몇 명에게 둘러싸인 유병모는 몽둥이를 피하지 못하고 몇 대 얻어맞고 말았다. 속력이 더 느려진 유병모를 완전히 둘러쌌다. 맞고 피하다 또 맞고 또 맞고, 유병모는 완전히 물위에 쓰러진다. 얕은 물속에서 유병모를 둘러싼 폭도들은 모두 몽둥이로 도리깨질을 했다. 이제는 사람은 보이지 않고 물을 치는 몽둥이들에 의해 붉은 물장구가 어지럽게 위로 튀기고 있었다.

김인승은 용케 그들을 따돌리고 요코하마까지 도망하여 한 어스름한 여관을 밀치고 들어갔다. 이틀이 지나서 변장하고 밖을 나가 다케후지에게 전보를 쳤다. 연락을 받고 달려온 다케후지와 마주 앉아 일본 탈출을 모의하였다. 그렇지 않아도 다케후지는 외무성으로부터 블라디보스토크 주재 일본 사무소 직원으로 정식 발령을 받았기 때문에 당지로 임관하여야 한다고 했다. 블라디보스토크로 가는 가사노상사의 쿠리엘호는 일주일 후에 나가사키를 출발하여 요코하마에 도착하기로 되어 있었다. 그동안 김인승은 거의 꼼짝 하지 않고 여관방에만 틀어박혀 있었다.

과연 나는 국가를 위하여 옳은 일을 했는가? 진심에서 다케후지를 사랑했고, 세와키 어르신을 존경했고, 일본의 문명을 부러워했던 김인승은 일본에 의한 개국이야말로 조선이 갈 길이라고 사력을 다하여 앞장서 협력하였다. 그런데 강화도 조규는 개국을 하는 것 이외에는 모두가 조선에 불리한 것들이었다. 작은 불리한 조건들은 개국이라는 큰 조건 앞에 아무것도 아니라고 생각했는데 과연 자기의 판단이 옳았는지 이제는 회의가 들었다. 정말 일본이 조선을 위하여 개국을 시켰다면 조선을 적으로 돌릴 필요가 전혀 없는 것이었다. 그들은 정한론의 일환으로 대포를 끌고 강화도로 출발했고 그 정한론의 제1페이지를 완성하고 돌아온 것이 아니었는지? 괜히 나라를 곤경에 빠뜨리고 아깝고 유능한 한 친구만 잃고 빈손으로 일본을 떠나는 신세가 된 것이 분명한 듯싶었다. 그러나 아닐 것이다. 나의 이러한 판단은 아직 이르다. 김인승은 잠시 자기의 판단을 요코하마 해풍에 날려 보내고 있었다. 커다란 갈매기 한 마리가 여관 상공에서 공중제비 쳐 내려오다가 "끼룩!" 외마디 소리를 지르고 다시 솟구쳐 날아간다.

깊은 생각에 잠겨 있는 김인승을 보고 다케후지가 조심스럽게 말을 건넨다.

"형님, 무슨 생각을 그렇게 골똘히 하시는 것입니까?"

"다케후지, 너는 알고 있을 것이다. 이번 조일강화도조약이 옳은 것었느냐? 아니면 너도 나를 속인 것이냐?"

"형님, 제가 일부러 형님을 속인 것은 없습니다. 그러나 저도 이번 일조간의 조약이 끝난 뒤로 많은 회의가 생겼습니다."

"회의라니? 그럼 너도 옳지 않다는 생각이 들었다는 것이냐?"

"아직은 잘 모르겠습니다만, 아마도 형님이나 저나 저희들보다 한 수 위인 자들에 의해서 이용당했을 가능성도 있습니다."

"너도 그렇게 생각이 들었느냐?"

"아직은 잘 모르겠습니다."

쿠리엘호가 요코하마에 도착하자 다케후지와 김인승은 도망치듯 승선을 완료하였다. 그런데 낯익은 쿠리엘호의 선원 하라다, 고와타야, 아리타마저도 자기를 대하는 것이 예전 같지 않았다. 다케후지에게는 비굴하리만치 친절하면서도 김인승에 대해서는 마치 너는 황국신민이 아니라고 선을 긋고 있는 것 같았다. 다케후지만은 형님에 대한 예의가 깍듯했지만 일본인 중에는 오직 다케후지만 예외인 것 같았다. 배는 속도를 빨리했다 늦추었다를 계속하며 5일 후에 블라디보스토크에 도착하였다.

추풍의 한인마을을 들어서며 만감이 교차하였다. 부인과 태범이, 태수, 순덕이, 김학우는 김인승이 무사히 돌아옴을 진심으로 반기며 기뻐하였다.

"여보! 무사히 돌아와 줘서 정말 고마워요. 당신이 무척 피곤해 보여요. 얼굴색도 안 좋구요."

"아버지!"

"아버지!"

"작은아버지! 작은아버지가 일본으로 떠나신 후, 우리나라 강화도에서 조일수호조규가 체결되었다는 소식이 외국 신문에 보도되었습니다. 혹시 작은 아버지가 거기 관련된 건 아닙니까?"

"천천히 이야기하기로 하자."

특히 김학우는 제법 국제 정세를 보는 안목도 있고 그런 정보도 가지고 있었다. 김학우가 신지식을 갖게 된 것은 혼자 열심히 서학을 알려고 동분서주한 것도 있지만 연해주의 한국 청년들은 벌써 비밀 결사처럼 여러 개의 소모임을 가지고 있었다. 지신허의 청년들과 추풍의 청년들이 잦은 연락을 하고 있는 모임도 있었다. 거기에는 김학우나 태범이는 포함되어 있지 않지만, 전에 다케후지와 친한 것을 못마

땅한 눈초리로 바라보던 추풍의 그 청년들은 지신허의 최재형崔在亨 등과 친하고 가끔 모임도 갖고 있었다. 모임의 명칭은 없고 누가 동지회라 하자고 한 적이 있으나 정식으로 채택된 적은 없었다. 이 모임은 나중에 '동의회同義會'라는 정식 조선 독립군 단체가 되는 모태가 된다. 이 모임은 유병모의 사숙에서 공부했던 양동진, 윤철호, 최재형 등이 주축이 돼서 추풍과 한거우, 허거우, 육성의 청년들도 가담하고 있었다. 최재형은 나이는 어리지만 양동진과 함께 벌써 리더 그룹에 끼어 있었다. 최재형은 훗날 헤이그 만국평화회의에 고종 황제의 특사 파견을 주도하며, 안중근 의사의 이토 히로부미 격살의 배후 세력이 되어 준 그 독립군 최재형이다.

2

다케후지는 가사노 상사가 있는 영국인 제니의 집을 선원들과 같이 들렀다가 곧바로 미국인 코펠의 여관을 방문한다. 그들은 따뜻이 대해 주며 특히 코펠의 부인이 세와키 히사토는 안 왔느냐고 간절히 묻는다. 다케후지는 이제부터 정식으로 블라디보스토크의 일본 무역 사무소 간판을 달 것이라고 말하고, 초대 소장으로 부임하는 세와키 씨도 곧 도착할 것이라고 했다. 모두가 축하해 주고 이제부터 잘 부탁한다고 하며 서로 협조하자고 했다. 다케후지는 이곳을 '주블라디보스토크 일본 무역 사무소'로 정식 계약을 하였다. 옆집의 영국인 제니도 오고 독일인, 핀란드인도 와서 술자리를 같이 하며 이야기의 꽃을 피웠다.

"이번에 일본이 조선을 개국시켰더군요. 원래 조선 개국에 가장 관심을 가진 나라는 러시아였어요. 그래서 이번에도 러시아가 가장 관심을 갖고 연일 신문 보도를 했지요. 지금은 빠른 자가 제일입니다. 일본이 먼저 했으니 일본 차지지요."

"맞아요. 러시아가 먼저 조선에 눈독을 드렸지요. 그러나 결국 일본에게 한 발짝 늦고 말았지요."

"러시아는 항상 한 발짝 늦는 것이 탈이에요. 처음에 일본을 개국시킬 때도 그랬어요. 서쪽으로부터는 영국, 불란서가, 동쪽으로부터는 미국이, 북쪽으로부터는 러시아가 일본의 개국을 요구하여 점점 다가가고 있었지요. 그 중에서도 러시아가 시기적으로는 제일 빨랐어요. 그러나 행동이 느리단 말씀이야. 페리Perry 제독이 일본을 향해서 출발할 때 러시아의 푸챠친Putyatin 준장도 거의 동시에 출발했어요. 그러나 단 한 발짝 늦어서 미국에게 선수권을 빼앗겼지 뭐예요."

이 말들은 다케후지가 듣기 좋으라는 의미가 다분히 담겨 있었다. 다케후지는 사무소 계약도 끝났기 때문에 모처럼 가벼운 마음으로 부두를 산책하기로 하였다. 그런데 부두의 한 쪽 모퉁이에 어떤 초라한 조선인이 지게를 옆에 팽개쳐 놓고 깊이 잠들어 있는 모습이 눈에 띄었다. 낯익은 사람 같아서 가까이 가서보다가 다케후지는 깜작 놀라고 말았다. 자기가 그토록 사랑했던 점순이 아버지 차상환이 혼자 자고 있는 것이 아닌가. 다케후지는 온몸이 감전된 것처럼 점순이 생각에 몸을 떨었다. 점순이가 건강만 했다면 우리는 부부가 되어 있을 것이다. 점순이가 무엇을 숨기며 그토록 급히 자기가 가까이 오기를 요구하던 모습을 생각하며 그 자리서 통곡이라도 하고 싶었다.

"아버님! 아버님 아니십니까?"

"뭐 뭐, 누구……."

"아버님 저예요. 다케후지요. 이게 웬일이십니까? 어서 일어나세요."

차상환은 술을 먹고 잠이 들었는지 인사불성이 되어 있다가 눈을 부스스 뜨고 겨우 다케후지를 알아본다.

"아니, 다케후지 아닌가? 언제 돌아왔는가?"

얼떨결에 잠이 깬 차상환은 다케후지를 알아본다.

"일어나세요. 먼저 요기나 좀 합시다."

"나는 괜찮은데……."

부둣가 식당 밖에 지게를 받쳐 놓고 다케후지와 차상환이 식당으로 들어갔다. 먼저 흑빵과 보르시치 수프를 시켜서 배고픔을 해갈시킨 다음, 보드카를 한 잔씩 하기로 했다. 그리고 안주 겸해서 펠메니 찐만두를 두 개 시켜서 스메타나 크림을 발라 먹으며 이야기를 하였다.

"자네와 김공이 일본을 간 뒤에 흉흉한 소문이 들리던데 어떻게 된 것인가? 일본과 조선이 무슨 조약을 맺었다고?"

"네, 사실입니다. 전에 있었던 두 나라의 관계를 모두 폐지하고 새로운 조약을 맺었습니다."

"그러면 더 좋아지는 것인가, 더 나빠지는 것인가?"

"더 좋아져야 되겠지요. 이번에 형님과 같이 간 사람은 지신허의 유병모 훈장님이셨습니다. 두 분은 이번 조약 체결 때 일본 측 변리대신 곁에서 제반사를 도와서 큰 공로를 세웠습니다. 그런데 조약 체결 후에 일본에 돌아왔지만 정한론을 주장하는 폭도들의 공격을 받게 되었습니다."

"그래서?"

"김인승 형님은 무사히 도망을 쳤습니다만 유병모 선생님은 그만 폭도들에게 당하고 말았습니다."

"당하다니? 그럼 죽었단 말인가?"

"네……."

"아이쿠! 나도 유병모 훈장님은 들어서 잘 알고 있네. 문무를 겸한 아주 훌륭한 분이라고 하던데."

이 소문을 차상환이 추풍에 돌아가 친한 사람에게 말한 것이 그만 상당수가 알게 되었고 동지회 청년들까지 알게 되었다. 한편 지신허에서는 유병모가 갑자기 행방불명이 된 이후 소문이 자자하였다. 어떤 사람은 정체불명의 두 사내를 만나는 것을 보았다는 사람도 있고, 부두에서 배를 타는 것을 보았다는 사람까지도 있어서 미스터리가 되고 있었다.

밤이 이슥할 무렵, 추풍의 동지회 청년 한중휘와 변용준 두 사람이 지신허의 양동진의 집을 찾아왔다. 그들이 중요한 말을 하기 위하여 왔다고 하자 양동진은 무엇인가 짚이는 것이 있어서 유병모 선생님에게서 동문 수학하던 윤철호, 최재형도 함께 듣기로 하였다. 이 자리에서 그들은 청천벽력과 같은 소식을 전해 듣게 된 것이다. 양동진은 단호히 말하였다.

"김인승은 응징하여야 합니다. 이는 조국을 위해서도 그렇고 스승의 원수를 갚기 위해서도 그렇습니다."

"동의합니다."

"동의합니다."

"이번 강화도 조규에 관한 외국 신문을 거의 다 읽었습니다. 완전히 일본의 일방적인 조약 체결이었습니다. 더구나 함포 사격을 하는 무력 시위 하에서 조선을 협박하며 체결된 것으로 모든 것이 조선에 불리하답니다. 그런 조약을 일본 편에서 적극 협력하였다는 것은 도저히 용서가 안 되는 문제입니다. 더구나 우리가 가장 존경하는 선생님을 끌어들여 죽음에 이르게 했다는 것은 용서할 수 없는 일입니다."

양동진의 말이 끝나자 최재형이 금방 말을 받는다.

"그러면 구체적으로 어떻게 응징하여야 할까요?"

그때 최재형은 자기를 헌신적으로 도와준 표트르 세묘노비치 선장과 함께 아프리카와 남부 유럽 해안을 항해하다가 중간에 집에 와서 잠시 머무르고 있던 때였다. 항상 유병모 훈장을 존경하고 있었고 동네 손위 선배 양동진을 형처럼 따르던 사이였다. 양동진이 말한다.

"사람이 많으면 정체가 탄로날 수 있으니 나 혼자 가겠소."

"아닙니다. 저도 함께 가겠습니다."

최재형이 굳은 결심을 한 듯 힘주어 입술을 물고 말한다.

"그럼 이렇게 합시다. 지신허에서 나와 최재형 두 사람이 추풍으로 가서 한중휘 동지 집에서 잠복 대기하고, 변용준 동지 자네는 김인승의 동태를 용의주도하게 파악하여 보고하도록 하게."

이렇게 하여 한중휘 집에서 이틀간 잠복해 있던 양동진, 최재형에게 결정적인 제보가 들어왔다. 밤이 이슥한데 김인승이 술이 취해서 혼자 밑 동네 과수댁에 농태기를 받으러 간다는 것이었다. 기회가 왔음을 알고 양동진은 보자기에 싼 육혈포를 꺼내 실탄 여섯 발을 한 발 한 발 꼼꼼히 장전한다. 추풍의 두 청년은 얼굴을 알기 때문에 밖을 나오지 말고 방에서 총소리만 확인하라 하였다. 양동진과 최재형이 굳은 표정으로 집을 나섰다.

김인승은 한 손에는 꼬장떡이 든 광주리를 들고, 한 손에는 농태기가 가득 찬 술병을 들고 다리를 휘청거리며 걸어오고 있다. 산모롱이의 밭을 돌아 나오는 김인승의 앞을 두 사내가 앞을 가로 막았다. 최재형이 묻는다.

"당신이 김인승 선생님이십니까?"

"그렇습니다."

"당신이 추풍에서 훈장을 하는 김인승 씨입니까?"

"그렇습니다만……."

"이 매국노! 너는 조국을 팔아먹고 내 스승을 죽게 한 천하에 못된 놈이다. 조선 민족의 이름으로 너를 응징하겠다."

두 번째 질문으로 재확인을 한 양동진은 품속에서 육혈포를 꺼내며 분노의 소리를 질렀다. 김인승은 순간적으로 뛰어야 한다고 판단하고 꼬장떡과 농태기를 팽개치고 번개처럼 몸을 돌려 뛰었다. 그러나 열 발도 가기 전에 '탕!' 하는 총소리와 함께 김인승의 어깨에 총이 맞았다. 총을 맞고 계속 뛰는 김인승을 향해 양동진은 뒤쫓아 가며 연거푸 두 발을 쏘았다.

집에서 세 발의 총성을 들은 한중휘와 변용준은 거사가 성공했음을 알았다. 그런데 조금 있다가 다시 '탕! 탕! 탕!' 세 발의 총성이 들렸다. 확인 사살로 여섯 발을 모두 김인승의 몸에 쏟아부은 것이었다.

밤늦도록 돌아오지 않는 김인승의 방에는, 다케후지 부모가 해준 기모노 한 벌과 아직 신어 보지도 못한 명주 비단실로 꼬아 만든 게다 한 켤레가 가지런히 놓여 있었다.

〈끝〉